DOMINIQUE SIGAUD

# L'INCONFORT DES ORDURES

roman



BABEL NOIR

1

L'aube venait, point aveugle ; à peine un rai pouvant à tout instant renoncer. Derrière la buée partout des façades d'immeubles, barrant toute possibilité d'élargissement, et aussitôt en contrechamp des images de Marseille, le bleu, cette lumière et la clarté, si complètes.

Le café avait fini de passer, en me retournant, j'ai vu la photo sur la nappe. C'est venu d'un trait, pas réfléchi. "C'est la dernière fois, après j'arrête."

J'ai passé une tasse sous l'eau, 5 h 56, trop tôt pour être debout, mais c'était l'heure de l'arrivée du véhicule de collecte rue Sainte-Anne ; le jeune ripeur en veste fluo au milieu de la chaussée, le conteneur fixé à la benne, montant, l'ouverture quasi simultanée du couvercle, la chute des ordures ; de là un bruit différent peut-être, les yeux du ripeur revenant vers la benne, son cri, son geste pour arrêter le broyeur ; le bouton rouge actionné avec précipitation. Le corps.

*

Le conducteur, Marc Bastien, sort du véhicule.

— Qu'est-ce que t'as ?

Pas de réponse.

Le ripeur se contente de pointer son doigt vers la benne ; alors il voit.

— Oh ! merde…

Une journée à peine entamée à l'instant mise à sac, un corps de femme dans les détritus, l'écart entre ce que le camion devait être et ce qu'il contient – son métier est censé s'en tenir à mille lieues, juste vider chaque matin les déchets ménagers – et, mais seulement après, ce pubis très noir et ces seins droits et pleins devant lui, et pourtant d'aucun attrait.

C'était dans la cuisine, les gestes, les deux hommes devant la benne, la rue déserte, moi, comme eux, tentant de reconstituer l'instant, qu'est-ce qui les traverse, pourquoi tout s'est-il arrêté ? De là en m'approchant tenter de savoir ce qui avait échappé, à eux aussi, ce que je ne comprenais pas – est-ce bien à cet instant que ça s'était produit, était-ce déjà trop tard ? Recommencer. Le jeune fait descendre le conteneur du trottoir, l'enclipse machinalement à la barre de levage, il regarde ailleurs pendant l'opération mais quelque chose le pousse à jeter un coup d'œil dans la benne. Là, il comprend. C'est fait, il sait ; l'histoire démarre là, le reste n'est qu'une suite de gestes et de situations plus ou moins voulus.

Alors qu'est-ce qui n'allait pas ?

*

La scène, partiellement décrite dans le premier rapport de l'équipe de Police secours dépêchée sur place – c'est sur la table à côté des photos et de la tasse –, tenait en quelques lignes : "MM. Marc Bastien et Raffic Tahim, employés de l'entreprise IMC d'enlèvement des ordures de la ville de Paris, ont déclaré..." Manquait à la déposition le contenu même. La déflagration.

> C'est comme croiser du regard à 12 h 30, sur le parking désaffecté de l'ancienne station-service d'un village traversé par la nationale 7, une prostituée remontant sa culotte noire sous une jupe très courte.
>
> Une réalité tient l'autre dans sa gueule et aussitôt la broie. En un tour de main, la quotidienneté de l'existence est saccagée.

*

Marc Bastien, le conducteur, va pourtant se pencher une seconde fois vers la femme, en hésitant d'abord, pour s'assurer sans doute de ce qu'il a vu

– ce corps, dans la benne ? En un coup d'œil c'est confirmé. Aussitôt pourtant il le récuse ; le clivage est immédiat, non réfléchi. C'est l'acte à l'origine de cette présence dans son camion qu'il tente vraisemblablement d'ignorer.

La mort sous sa forme obscène vient de surgir au milieu d'une banale tournée d'enlèvement des ordures ; aussitôt les deux versants de l'existence censés rester hermétiquement séparés se rejoignent. Cette fois, faisant irruption, le second versant dans le premier. C'est pour ça que le conducteur détourne la tête. Que l'envers et l'endroit se tiennent chacun à leur place, il n'est pas payé pour autre chose.

C'est à nous qu'il revenait de lier entre eux les deux versants, à nous qu'en incombait la charge : si l'ordre naturel se trouvait inversé, si par un acte volontaire, par effraction donc, le second versant, pénétrant le premier, menaçait cet équilibre, c'est à nous qu'il revenait de le rétablir en ne laissant personne imposer ces morts inusuelles, en les rendant au contraire visibles, explicables. En les intégrant au canal habituel de la réalité. Nous étions payés pour ça. Annuler tout risque de contamination du versant un par le second.

*

Les deux hommes, toujours devant la benne, ne se sont encore rien dit. C'est trop cru. Ils étaient simplement en train de travailler, mais ça n'a plus rien à voir. C'est ailleurs désormais, bien plus intime, leurs intimités n'interviennent généralement pas dans leurs conversations. Il va bien falloir pourtant.

Dans mon cas, c'était l'inverse. Tout cadavre inaugurait un espace purement professionnel. Mon intimité n'était pas censée être mise en jeu.

Dans mon cas à vrai dire tout s'inversait ; la mort dans la quotidienneté de l'existence. Boire un café devant un visage jeté à la poubelle. Vivre de ça.

*

Le ripeur le premier se tourne finalement vers le conducteur, supérieur à lui dans la voie hiérarchique :

— Qu'est-ce qu'on fait ?

Il sait qu'ils ne peuvent pas rester sans bouger au milieu de la rue. La présence même insolite de ce corps doit être considérée comme un problème technique, tous les professionnels en rencontrent.

Le conducteur détache son regard de la benne, semble prendre conscience de sa présence, un jeune qu'il connaît mal, récent dans le métier.

— Je sais pas.
— J'ai pas l'habitude.

La question est venue trop vite.

Jusque-là tout était à peu près en ordre, dans l'ordre moyen des choses, c'est ce qu'il essaie vraisemblablement de dire.

La réponse ne convient pas au jeune homme, lui veut savoir et se débarrasser. La femme n'a aucune raison d'être là ; l'acte à l'origine de ce corps, la violence, la barbarie, il sait déjà, c'est les affaires des autres.
— On appelle le bureau ?
— Le bureau ? Qu'est-ce qu'ils peuvent faire au bureau ?
— Les flics alors ?
— Je sais pas. Peut-être.
— Faudrait pas la sortir ?
— La sortir ? T'es pas fou ? Faut jamais toucher à ça.
C'est comme les accidentés de la route ; quand on ne sait pas, on ne touche pas.

Il appelle finalement Police secours, c'est lui qui a le portable de service.
— … l'équipe de poubelle rue Sainte-Anne [silence] y a une femme dans la benne… non c'est pas un accident, elle était dans le conteneur… si elle est morte ?

A l'instant il réalise qu'il n'a pas pensé à vérifier, élude la question.

— … on fait quoi ?… Ni garer la benne ? On est au milieu… d'accord on touche à rien.

— Tu vois, je te l'avais dit.

Il doit s'assurer quand même que la femme est morte, pour pouvoir dire ensuite au moins qu'il s'en est occupé.

Il contourne le conteneur, passe la tête en biais ; le visage est à quelques centimètres du sien. C'est la première fois qu'il voit ça. Les yeux grand ouverts, le visage à l'arrêt – versant 2 – broient aussitôt ce qu'il tenait jusque-là pour acquis – versant 1. C'est définitif.

Il ne sait pas comment s'y prendre, est-ce qu'il doit la toucher ? Est-ce que parler suffit ? Finalement, il dit :

— Vous m'entendez ?

A l'instant même, les mots semblent si petits.

Le visage regarde toujours en l'air. Aucune réaction. Il aurait bien aimé pourtant, si parler avait pu suffire – c'est la raison pour laquelle il ne l'avait pas fait plus tôt ; inutile, il savait déjà.

— Elle est morte ?

— On dirait.

Voilà, elle est morte. Il y a une femme morte avec eux ; à nouveau ils ne disent plus rien.

*

Personne n'a encore emprunté la rue, ni piéton ni véhicule. Les deux hommes attendent un peu à l'écart ; de temps en temps le chauffeur regarde en arrière si quelqu'un arrive.

— Ah putain si j'avais pu croire…

Et quand même, se tournant vers le ripeur :

— T'aurais pas pu regarder avant dans le conteneur ?

La phrase ne sert à rien, c'est seulement pour tromper l'attente, tenter peut-être de se décharger, voir s'il ne serait pas possible de refaire l'histoire.

Le jeune ne répond pas, il attendait plus ou moins la question. On ne refait pas les gestes, il le sait, encore moins les histoires ; il n'y peut rien.

Ils se taisent à nouveau. C'est comme s'ils veillaient la femme. Ils sont embarrassés de n'avoir rien pu faire pour éviter ça, ont presque honte de la transporter dans leur véhicule ; le conducteur surtout.

*

Quelques minutes plus tard, le fourgon de Police secours débouche enfin du carrefour, la femme va passer entre d'autres mains. Les deux hommes voudraient savoir au moins qui c'est, pourquoi elle est morte ; ce n'est pas exactement par curiosité, plutôt à cause du temps passé seuls avec elle, mais ils ne demandent rien, ils n'osent pas.

Les policiers, eux, ont l'habitude, ils descendent du fourgon, on les sent déterminés, à leurs démarches, à leurs regards, ils connaissent leur travail. Très vite ils occupent la rue, l'espace autour de la benne, cette portion de la rue devient leur territoire, ça s'organise tout seul ; le territoire a changé de mains, les deux hommes l'ont compris, laissent faire.

Très vite aussi les policiers leur posent les premières questions. Quand, à quelle heure, dans quelles circonstances. Il n'y a pas vraiment de curiosité dans leur façon de les interroger, ils ont simplement besoin de savoir. Les deux hommes répondent avec le plus de précision possible. Entre eux, il y a des ressemblances. Leurs métiers, au service des autres, sans reconnaissance le plus souvent ; parfois les quartiers et les familles d'où ils viennent, les écoles qu'ils ont fréquentées, leurs salaires. Ils peuvent se serrer la main, dire "bon sang ça se réchauffe pas" en tapant pareil leurs pieds sur la chaussée et se remettre au travail.

Un des policiers demande aux deux hommes comment ils peuvent dégager le corps de la benne.

Le conducteur explique. Détails techniques. Procédure. Il est soulagé de pouvoir expliquer ça.

Il croit que c'est pour tout de suite, ensuite ils repartiront avec la benne sans le corps.

— Ah non, on attend l'identité judiciaire, répond le policier. Ils vont prendre des clichés, chercher des empreintes. Il faut rien toucher.

Le conducteur commence à comprendre que rien ne se passera comme prévu.

— Et nous ?

— Vous restez, c'est vous qui l'avez trouvée.

Ça ne sera donc pas, comme il le croyait, un simple transfert à la police.

*

La benne est toujours au milieu de la chaussée. Les policiers ont bloqué la rue.

— Ah. Putain si j'avais pu croire, répète Marc Bastien. Dans mon camion…

— Vous avez pas l'habitude, répond le flic, heureusement pour vous… C'est une chance en tout cas que vous ayez touché à rien.

Et puis quand même, peut-être pour montrer qu'il sait lui aussi quelque chose :

— C'est quand même con que vous l'ayez pas vue avant qu'elle tombe dans la benne.

Le conducteur glisse un regard vers le ripeur.

— On savait pas, la poubelle était pas plus lourde que les autres, répond-il finalement.

— Bien sûr, je disais pas ça pour vous embêter, vous pouviez pas savoir.

Le doute est là quand même. Surtout le ripeur. C'est la règle normalement de soulever le couvercle avant de fixer le conteneur à la benne. Mais personne ne le fait systématiquement. Personne. C'est à l'instinct. L'instinct n'a pas marché. Un plus expérimenté ne se serait peut-être pas trompé.

*

C'est à peu près comme ça que les choses avaient dû se passer ; le rapport de Police secours confirmait leur arrivée sur place à 6 h 03, les deux hommes n'avaient pas dû attendre plus de quelques minutes. Justine Blanche était bel et bien morte.

Mon café refroidissait dans la tasse, devant moi sur la table, les premiers clichés pris par l'identité judiciaire. Un sac-poubelle en partie déchiré derrière le corps, des emballages alimentaires ; à droite du visage, un morceau de chiffon vert.

Curieusement sa bouche ne s'était pas refermée en tombant, ni les yeux. Ses bras avaient été projetés dans un écart anormal, les genoux repliés sur son ventre. Le sexe et la vulve étaient visibles.

Pourquoi avoir mis le corps là en étant à peu près sûr qu'il serait trouvé ?

Question parmi d'autres à résoudre, de là l'équation générale ; identifier la mort, elle plus que le meurtrier. Un homme certes mais surtout un acte. Une fin. Un arrêt.

De quelle issue s'agissait-il dans cette benne ? Orchestrée par qui ? Dans quel but ? Les premières analyses ne révélaient à peu près rien, "absence d'empreinte caractéristique". Le travail serait titanesque pour l'équipe scientifique. Démêler le cadavre des restes de yaourts aux fraises, morves diverses dans mouchoirs en papier usagés, restes de thé, salives du voisinage.

*

J'ai repris la photo du visage en gros plan. Une jeune femme d'une grande beauté. Les traits de son visage, les contours, les formes l'étaient, intenses, tendus, et derrière pourtant, très doux, comme un voile, la marque de quelque chose d'ancien, mais une beauté qu'on aurait dite renversée – de l'intérieur peut-être ? Par quoi ? J'ai posé la photo, je me suis levée ;

> [Alger 1961, l'explosion dans la rue, les hurlements, la main de ma mère rabattue sur mes yeux avec une rapidité et une violence que je

ne lui connaissais pas ; mon corps forcé à plier contre le sien sous la table de la cuisine, sa sueur, cette odeur soudaine, âcre, sure, de pêche blette et sur mes cuisses l'incontrôlable filet de pisse. Je t'interdis de voir, ne cessait-elle de répéter, je t'interdis de voir]

je me suis retrouvée debout contre les vitres, des fenêtres de l'appartement rue Didouche-Mourad, je pouvais voir la baie ; j'ai retiré ma main, la vitre était glacée, il était 6 h 18 à la pendule de la cuisine, l'humidité stagnait, les photos reposaient sur la table, par la fenêtre je ne pouvais rien voir – pourtant je voulais savoir, depuis toujours ; mettre un nom sur ça au moins.

Après elle, j'arrête.

Ne plus connaître les raisons d'un cadavre.
Passer outre.

Je me suis rassise.

Et si tout ça m'avait au bout du compte arrangée ; la scène primitive évitant à l'infini les autres questions, l'image traumatisante scellant définitivement le destin ; m'occuper du cadavre des autres, subtile échappatoire, répétition à l'infini de la même scène ? Alger 1961, juste le temps d'apercevoir le corps projeté en l'air de Mme Boutraf, mère de Samia, image absolue et questions pour toujours impossibles à formuler. Qu'est-ce que la fin ? Qui le fait ? Pourquoi ?

Et s'il suffisait d'ouvrir un peu les yeux pour voir, et si la réponse à tout ça était là simplement, moi, seule absolument dans dix mètres carrés de cuisine comme devant l'image de Mme Boutraf peut-être, malgré Georges dormant deux pièces plus loin ? Et si c'était beaucoup plus simple que tout ce que j'avais jusque-là imaginé ? Et si, tout simplement, cette solitude était la clé de tout et que je ne pouvais rien y faire – ni personne ?

"Après elle, j'arrête."

J'ai repris une gorgée. J'ai eu envie d'une cigarette. Je n'étais bien ni assise ni debout. J'ai fini la tasse. Je l'ai posée, j'ai éloigné les photos.

Une autre question alors est venue : pourquoi maintenant cette envie de lâcher ce qui précisément m'a fait tenir jusque-là ?

Brave et bonne question.
Parce que, peut-être, ça ne tient plus.

*

Je voulais que Georges se réveille et je ne voulais pas. Je voulais qu'il soit là, encombrant la cuisine, et ça m'énervait de vouloir encore une fois m'appuyer sur sa présence pour m'éviter le problème d'exister seule. J'ai eu envie d'œufs de poisson et de cake au beurre. Multiplier les menus plaisirs au moins. Parfois ne plus faire que ça.

J'ai cru entendre un bruit venant de la chambre ; avant même de le savoir, j'ai éteint le plafonnier.

Georges savait-il combien de fois j'avais éteint la lumière de la chambre le soir pour qu'il me croie endormie ? L'obliger à se coucher sans bruit, n'avoir plus à répondre de rien.

Je suis restée dans le noir mais je ne pouvais rien faire, alors j'ai rallumé. Georges a ouvert la porte, m'a regardée.

## 2

7 h 55, je pose ma sacoche sur le bureau. C'est Georges qui me l'a offerte, beau cuir épais, sans trace des dix années passées. Dedans les photos, les rapports.

Le jour a fini par se lever, avec lui la fin temporaire des incertitudes de l'aube. Etre ici parfois m'aidait, plus que dans la cuisine sûrement.

Je sors prendre un café au distributeur du couloir, cappuccino sucré, je retourne à mon bureau, ouvre la sacoche, pose les photos sur la table. Le cliché transmis par le fichier central, une banale photo de jeune fille à vingt ans, soleil dans les cheveux, tee-shirt clair. Puis dans le conteneur rue Sainte-Anne quelques années plus tard. Cet écart. C'est là évidemment que j'avais envie d'être. Le passage. Que s'est-il passé entre-temps, où et comment a-t-elle fini ? Relier le versant 2 au canal habituel de la réalité : une vie de jeune fille ; fin dans la benne. Pourquoi ? Comprendre le processus. Son inversion, son arrêt.

8 h 30, je rassemble l'équipe autour de l'énigmatique visage de Justine Blanche. Qu'ils m'aident à interpréter quelques débuts de pistes, qu'ils me disent au moins ce qu'ils ont déjà appris.

Tout le monde est là ou presque, j'ai les photos en main, vraisemblablement je ne souris pas.

— Votre soleil est au plus bas, dit Plantin.

Claire me regarde.

— Les astres, Claire, Plantin interroge les astres.

Je pose les deux visages sur le bureau, fichier central et benne, je dis "nous n'avançons pas". Ils ont l'habitude.

*

9 heures, retour à ma table de travail ; ils n'avaient rien appris ou presque, juste lancé les procédures habituelles, demandé des analyses complémentaires. Ils avaient autre chose à faire, enquêtes plus anciennes en cours, surveillances rapprochées, planques, gardes à vue, "on fait ce qu'on peut, patron", "vous avez l'intention de recruter du personnel ?" Ça n'avait de toute évidence réveillé personne à l'aube.

Dans la matinée de nouvelles analyses sont arrivées : comme je le craignais, aucune empreinte interprétable pour l'instant ; juste quelques traces de heurts pouvant être dus au passage dans le conteneur puis dans la benne. Restes dans l'estomac datant de vingt-quatre heures. Pourquoi ? Noter sur le carnet. Un ovaire en moins. Doigt de pied amputé à la première phalange. Trace de cassure sur un os du poignet. Avoir peut-être à retrouver les dossiers médicaux. Pistes d'informations si nécessaire. Mort située entre deux et trois heures du matin.

Lectures à même les chairs. Autopsie, du grec : voir par soi-même. Ironie des transformations de la langue.

J'ai repris les quelques éléments que nous avions déjà : identité du cadavre, domicile, comptes en banque, résultats partiels d'analyses. Rien pour l'instant sur la mort elle-même ou le meurtre. Presque rien non plus sur la morte, juste une adresse, quelques chiffres. C'est le jeu.

Quelqu'un a placé du versant 2 dans le canal habituel de la réalité, l'idée est qu'on ne sache ni qui ni pourquoi, qu'on ne trouve jamais – mystère de la création, curés du meurtre, chargés de débusquer Dieu le Père ou celui qui un instant s'est pris pour lui – et que les ouailles n'aient plus à s'en inquiéter. Tout va bien, tel est le message que nous sommes chargés de délivrer.

Je recommence, j'aligne sur le bureau les photos prises deux jours plus tôt dans le duplex de Justine Blanche. Tout est très blanc, très propre.

Sur tous les clichés, ça saute à la figure. Le lieu est d'une propreté maniaque. Une indéfinissable absence de traces recouvre tout. Pas de marque d'aucune sorte, pas de restes. Absence presque abyssale ; précisément. Pas un habit sale, pas une culotte dans un panier, pas un bas roulé en boule dans un coin. Pas même une miette, une trace, une goutte. Rien à l'écart – rien à voir ?

Je pose à côté les photos du cadavre. La même irréalité baigne les photos du cadavre et celles de son salon salle à manger, la même absence d'empreintes. A droite, un corps nu sans traces à la poubelle. A gauche, un appartement sans traces non plus, rangé comme un décor. Je place exprès à côté les clichés du visage pris dans la benne. Le visage, lui, est marqué. J'ai beau en avoir vu de toute sorte depuis vingt ans, au départ quelque chose dans ces figures m'échappe toujours – c'est le versant 2 sans doute qui fait ça, par définition inhabituel ; la corporation policière n'existe que dans le but de former des individus à sa fréquentation. Figure de macchabée, que dis-tu ? L'équivalent d'apprendre une nouvelle langue.

Mais cette fois, c'est le cas aussi dans cet appartement de prostituée de luxe (ancienne prostituée ?) sans sperme nulle part ni poussière aucune sous les meubles ou dessus. Quelque chose m'échappe, froidement, implacablement.

"L'appartement lui-même est comme un cadavre."

Phrase étrange, mais pourquoi pas au point où j'en suis ? Je note, je souligne “cadavre”. Et rien.

Du coup, j'ai repensé à mon geste ridicule dans la cuisine ; éteindre le plafonnier, vouloir faire croire à Georges que je n'étais pas là. Et où est-ce que j'aurais pu être ?

Comment une gamine avait-elle pu laisser un appartement dans cet état ? Ou alors est-ce avant que les choses s'étaient passées, ou jamais, ou ailleurs ? Pourquoi ce sentiment persistant que la vie n'y était plus ou pas ? Qu'est-ce que Justine Blanche cherchait à effacer ? Et moi ?

*

Je reprends mon carnet, je note scrupuleusement les faits avérés dans la colonne de gauche, les questions en suspens dans la marge de droite, je surligne en jaune les faits, en vert les questions. Mais rien. Ça reste plat ; neurones désertés, impossible de savoir pourquoi. Je bute, façon de parler, j'ignore sur quoi. Blanc aveugle. Lucarne vide ne donnant sur rien, comme au début – alors est-ce pour ça ? Comme au début, premières années d'enquêtes, démarrages sans gloire, le silence indéfinissable qui m'enveloppait, quelque chose qui se glaçait – devant un cadavre aussitôt quelque chose tombait, porte fermée à toute volée ; impossible d'aller voir derrière. Pourquoi ? Moi qui voulais tant savoir pourtant.

La “sidération traumatique”, avait avancé Passante quelque temps plus tard. Deux mots sans plus, jusque-là inconnus de moi – non les mots eux-mêmes mais leur enlacement. “En présence d’un cadavre, votre cerveau, peut-être pour vous protéger d’émotions ou de pensées trop pénibles, agirait sur vous à la manière d’un clapet, vous couperait en quelque sorte de la réalité, vous empêchant de penser ce que vous voyez.” Mazeltov. Et cette femme, de quoi était-elle prêtresse ? Quel culte ? Versant 1 ou 2 ?

Passante, son divan, son bureau, sa voix encore à l’oreille. J’étais si malheureuse, si loin du compte ; mes débuts dans le métier étaient si poussifs, infructueux et dérisoires – je me suis trompée de voie, je n’y arriverai pas, je n’y comprends rien –, dès les premières enquêtes le retour des insomnies, ces cauchemars à répétition de nuit en nuit plus fréquents – l’appartement est vide, quelqu’un s’y cache pourtant, menaçant –, les disputes avec Georges, nous étions si jeunes pourtant, c’était si bon de s’être rencontrés.

— Tu réalises dans quel état tu es et tu nous mets ?!

— Parce que tu crois que c’est facile ?

— Et alors ? Tu as choisi d’être flic, non ? C’est à nous de payer pour ça ?

Moi qui avais cru pourtant si aveuglément, tout mis en œuvre pour ça ; être flic et savoir, résoudre et triompher. Que la lumière soit, que la vérité éclate. Macache walou. Echec cinglant. “Tu n’as qu’à consulter.”

La phrase, évidemment prononcée un dimanche soir.

*

Trois mois plus tard, j’y étais, sans grande surprise, tout m’y conduisait ; ma mère, l’Algérie, le départ, les blablas de ma mère et de l’Algérie, tout ce qui ne voulait rien dire et qu’on disait pourtant, mots en l’air, phrases trafiquées, grands discours vides. De quoi un jour devenir flic peut-être ; dans mon cas au moins. S’en tenir à la réalité, essayer.

Le premier rendez-vous avec Passante était un mardi soir, c’est Georges qui avait trouvé l’adresse. “Il paraît qu’elle est très bien.”

Elle m’avait fait asseoir, “… les raisons de votre venue ?” J’avais répondu aussi honnêtement que possible ; métier, enquêtes, cadavres, humeurs massacrantes, cerveau déserté. Elle avait dit “bien”, et, juste avant de lever la séance : “Il arrive qu’on choisisse un métier en fonction d’une faille dans sa propre histoire. En cas de perversion extrême, des instituteurs pédophiles. Soit vous continuez à suivre votre pulsion sans la travailler, devrais-je dire, ou votre répulsion. Soit, comme vous le faites en venant me voir, vous tentez d'analyser les raisons de ce choix et ce qui vous y bloque ; ce que nous appelons parfois «franchir la passe»."

Trois mois plus tard, elle me proposait de m'allonger sur son divan et j'acceptais ; tout y était passé ou presque, l'Algérie, ma mère, mon père, ma peur des cadavres, le choix de ce métier, ma maladive impatience, ma peur d'échouer et celle de savoir, le risque de mourir et celui de vivre, ma solitude, ma rencontre avec Georges, mon amour pour lui, mes désespoirs.

J'en étais ressortie trois ans plus tard toujours flic et sidérée par les cadavres mais capable désormais de démêler les causes de leur mort.

Là, pourtant, à nouveau je butais. Est-ce que je devais retourner la voir ? A quoi bon si c'était ma dernière enquête ? J'ai quand même pris rendez-vous.

*

Passante me regardait, rien n'avait changé chez elle, c'était étrange de me retrouver là. Elle a dit :
— C'est étrange de revenir, n'est-ce pas ? Qu'est-ce qui vous amène ?
J'ai senti quelque chose se défaire, geste libérateur du soutien-gorge ôté le soir. J'ai parlé de Justine

Blanche, son cadavre dans la poubelle, son appartement, son supposé métier. Elle a posé quelques questions. Elle écoutait.

— Peut-être pourriez-vous interroger votre éventuelle empathie à l'égard de cette jeune femme, qui se refusait me semble-t-il, en partie au moins, à sa condition, fût-elle passée ; c'est du moins ce que j'entends de la description que vous faites de son intérieur. Qu'en pensez-vous ?

— Je n'ai pas compris un mot de ce que vous venez de dire.

Elle a souri :

— Ça viendra. Voulez-vous que nous nous revoyions la semaine prochaine ?

Impossible de savoir.

— Rappelez-moi quand vous saurez.

Toujours si bienveillante. Comment faisait-elle ?

*

Retour au métro. "La description que vous faites de son intérieur." C'était là, je le savais.

Pas de trace de sa vie dans son appartement. Comme si personne n'y vivait ? Y vivait-elle seulement ? Et si c'était pour ça que je ne trouvais pas de porte, parce que simplement elle n'était pas là ?

Et "son intérieur", de quoi parlait Passante ? L'intérieur de son appartement ? La vie à l'intérieur d'elle ? Pas de trace de vie en elle comme chez elle ? Effacer toute trace lui rappelant sa condition ? C'est là-dessus que je butais ? Parce que chez moi non plus ce n'était pas clair ?

J'approchais pourtant, c'est là que je devais comprendre, à l'endroit où justement quelque chose manquait. Me manquait à moi pour comprendre.

Et pourquoi mon empathie ? Qu'est-ce qui me rapprochait d'elle ? Est-ce pour ça que je ne pouvais pas voir ? Mais quoi ?

*

Au bureau, les photos étaient toujours sur la table. Je les ai remises dans leur chemise et je suis allée à la fenêtre.

En bas des quais, la Seine, vision rassurante. Et puis, par superposition peut-être, par effraction, des façades blanches surplombant les quais, à la place du fleuve la mer, tout s'inversait, Alger droite et blanche était là partout tout à coup, le boulevard de la mer, les bateaux sur la rade ; ça avait été si rassurant autrefois aussi, tous les matins je descendais les voir et le monde reprenait sa place, cette lumière surtout. Mais un jour était venu celui du départ, les bateaux sur la rade étaient devenus le signe du départ, même la lumière avait changé puis cessé, mes parents vidaient l'appartement en toute hâte, toute trace de notre passage effacée en quelques heures, de notre vie là-bas ; laisser l'intérieur derrière soi désert.

De là Justine Blanche. De là Justine Blanche ? Enregistrée à l'état civil sous le nom de Soraya Nahlaf. Son départ. Son appartement sans traces.

Après elle, j'arrête ?

## 3

Je suis retournée m'asseoir ; si je voulais comprendre sur quoi je butais et pourquoi, il fallait tout reprendre. Origines de l'affaire. Pistes abandonnées en cours de route. Conteneur vidé dans la benne. Eboueurs. Appartement. Comptes en banque.

J'avais trouvé le dossier sur mon bureau le lundi précédent, sans doute volontairement laissé ouvert par Plantin sur les clichés de la gamine dans la benne, regard et bouche tristement béants. Bal ouvert, bonjour commissaire.

Avant même de poursuivre je m'étais levée, trop tôt pour ça, plutôt prendre un café, démarrer humain, se ménager ; arts acquis avec le temps – c'était sur ma table de toute façon.

Distributeur automatique du couloir, deuxième lundi de décembre, vacances d'été très loin derrière ; à la première gorgée pourtant, situation déjà plus supportable, brèves images du week-end chez les V., flambées, vins lourds, discussions tardives.

“Et toi, Régine, ton travail ?” Ne pas répondre, reprendre un verre, entendre rire Georges, “quand elle rentre, j’en suis sûr, cette odeur je la connais, même sur elle ça reste”, puis la route de retour la nuit. Savoir pourtant ce qui attendait sur mon bureau. Un nouveau visage.

Retour à ma table café en main, cette fois il fallait bien, j’avais posé les yeux sur les clichés mais d’assez loin encore. Pourquoi est-ce que j’ai choisi ce métier, pourquoi m’a-t-il choisie ? Je ne voyais jamais que ça des gens, ces visages, c’était toujours si amer, ne restait d’eux que l’arrêt, c’est bien ça pourtant que je devais regarder, exactement ce à quoi je devais m’atteler, fonction indispensable, nourrir mon cerveau de flic, cerveau droit et cerveau gauche au travail, décryptage à partir des sensations, remontée des expériences précédentes – que disent ces traits, qui est-ce ? –, surprendre la mort. Face à eux l’instant d’avant quelqu’un avait tiré, frappé, poignardé, sous mes yeux le visage d’après. Absent. Parfois décomposé. Toujours altéré. La dernière trace. Ils ne me servaient qu’à ça. Qui te l’a fait ? Pourquoi ?

Passé le premier mouvement de recul, l’imprégnation commençait pourtant, je finissais par ne plus voir que le visage, même le mien disparaissait – son expression, la position du corps, l’emplacement. Les données entraient, ma main cherchait un stylo et le bloc, notait déjà. Poubelle, à la ligne.

1er arrondissement. Nue, trois points. Aucune trace, point d'interrogation. Récupération de données utiles. Tri machinal de ce qui importera pour l'enquête.

Loin derrière pourtant un autre scénario se préparait déjà, questions d'ici peu impossibles à formuler, réminiscence de cris, odeurs même peut-être, je voyais déjà moins bien les photos, ma main en repoussait une puis l'autre, mon dos se renversait contre le dossier – plus tard, ça donnerait "après elle, j'arrête", ce jour-là je n'en savais encore rien, c'était pourtant là, dès que j'avais vu les clichés de Justine Blanche peut-être, son visage et très loin derrière d'autres lui ressemblant, le mat de la peau, les yeux, Mme Boutraf, je t'interdis de voir.

Je savais qu'il restait quelques cigarettes dans le paquet de réserve – dernier tiroir du bas au fond sous les dossiers. J'ai lutté quand même. Arrêter de me retrouver toujours coincée au même endroit. Avancer.

J'ai repris le bloc, noté fébrilement quelques questions – je travaille, rien ne m'en empêchera.

C'est seulement quand Plantin a dit : "Mignonne, non ?" que j'ai senti sa présence dans le bureau.

— Je comprends pas, commandant, depuis le temps, vous ne vous y êtes toujours pas habituée ?

Il souriait bien sûr. Plantin Maxime, pantalon de velours côtelé paysan sur les chaussettes, chemise à carreaux. J'ai à peine levé les yeux.

— Je vous dérange ? Je repasserai, si vous avez besoin de moi pour le dossier…

Je n'avais peur ni du vide, ni du sang, ni des araignées des souris de l'avion des tunnels des pigeons. Mais ça.

Plantin a refermé la porte, il avait raison. Me concentrer sur le dossier ; j'ai repris la chemise qu'il avait déposée sur mon bureau le matin, comme toujours préparée avec soin. Fiche aussi complète que possible des premiers éléments. Lieu de découverte du corps. Horaires. Nom et fonction des témoins. Equipes d'intervention sur place dans l'ordre d'arrivée. Premières constatations, premiers rapports écrits.

Les clichés avaient été pris à 6 h 35 rue Sainte-Anne, 1er arrondissement, autrefois connue pour ses activités de prostitution homosexuelle, aujourd'hui prise d'assaut par les restaurants japonais. C'est un éboueur qui avait fait la découverte. La jeune femme ne portait pas plus de papiers d'identité que de sous-vêtements. Aucune trace de blessure apparente. Juste un corps dans une poubelle, un déchet destiné à la collecte de l'aube – et donc à être découvert ? Note sur le carnet.

Une autopsie était en cours. Les recherches dans le fichier aussi. L'enquête de voisinage avait commencé. Habitants de la rue, éboueurs, patrouille de la police urbaine. Cadavre encore anonyme. Un visage et un corps à montrer, rien d'autre. Il arrivait que ça reste le cas jusqu'à la fosse commune pour ceux qui n'étaient réclamés par personne ni identifiés par nos soins. Une vie entière passée sous silence, à la trappe ; nous étions payés pour éviter ça.

*

Dans le cas de Justine Blanche, ce problème au moins, et les jours de recherche allant avec, nous serait évité ; à 11 heures, la réponse du fichier central de Lyon, contacté par Plantin avec les empreintes digitales, était arrivée. Elle s'appelait Justine Blanche, de son vrai nom Soraya Nahlaf, née le 8 mai 1981 à Salon-de-Provence, quartier des Canourgues. Arrêtée pour la première fois pour racolage sur la voie publique à Marseille en 1998. Présentée au juge pour mineurs. Arrêtée une deuxième fois un an plus tard, toujours mineure. Puis plus rien. Fichier vide. Plus d'adresse, plus d'activité. Soit elle s'était rangée, soit elle avait intégré des circuits plus discrets.

Je savais maintenant au moins d'où elle venait et comment elle avait démarré dans la vie. Sur le moment, j'avais repensé à la petite de Saint-Denis, une affaire réglée deux ans plus tôt. On ne l'avait pas retrouvée dans une poubelle mais dans une des caves de sa cité, sans papiers ni vêtements elle non plus. Après des mois de travail totalement infructueux, on avait fini par comprendre. L'équipe de choc des fous de Dieu locaux avait voulu faire un exemple. La petite tapinait, mais contrairement aux mères de famille qui pratiquent ça misérablement pour arrondir leurs fins de mois, elle en avait fait sa principale activité. Les barbus l'avaient expédiée *ad patres* après l'avoir prévenue, menacée, suivie, harcelée. Ils voulaient nettoyer la cité des mauvaises mœurs.

C'était sans doute une des premières pistes.

*

Le lendemain, les deux noms de Justine Blanche nous permettaient de retrouver son compte en banque, très bien fourni, un codévi bourré jusqu'à la gueule et un portefeuille d'actions. La frêle beauté avait largement de quoi s'acheter des sous-vêtements.

Son adresse allait avec, duplex quai de Valmy avec vue sur le canal ; le lien avec la petite de Saint-Denis devenait fragile.

L'après-midi même, nous nous rendions sur place ; pendant que Maubert et Blancard visitaient l'immeuble, je fouillerais l'appartement avec Plantin. Règle personnelle de base. Connaître les lieux. Visualiser.

Moquette dans l'escalier, ascenseur antédiluvien, cinquième étage ; porte blindée. Me souvenir en entrant que nous ne savions à peu près rien d'elle. Devoir pour l'instant nous contenter d'un lieu. Entrer chez quelqu'un pour la première fois. Signes. Approcher le territoire.

*

Première impression en entrant : de l'ordre partout. Parquet luisant. Odeur javellisée. Tout à sa place. Sentiment d'anormale immobilité. Contraste étrange avec l'emplacement du corps dans la benne.

Ouverture sur un grand salon, cuir confortable, table en verre, lampes, cuisine intégrée en inox. Pas une tasse sale ni une miette en vue.

Dans le fond, un escalier en bois blanc. Monter. Tour d'horizon.

A l'étage la chambre, lit à baldaquin avec couvre-lit blanc, coiffeuse avec parfums et matériel de maquillage, dressing adjacent, plein, sur le côté salle de bains impeccable. Pas une goutte d'eau sur le lavabo ni dans la baignoire, pas une trace.

Le seul objet un peu humain était un minuscule ours en peluche râpé posé sur la commode de la chambre.

J'ai commencé par là. Première investigation, les tiroirs, rangés au carré. Dans le premier, strings et soutiens-gorges balconnets, bas, porte-jarretelles, soie, dentelles, rouges, violets, noirs, blancs, rubans, tous de marque. Une fortune. *Fashion victim* ou bleus de travail ?

J'en ai défait un ou deux, que du très beau. A part deux ou trois paires pour grands soirs, les miens venaient généralement de ma visite annuelle à Déstockage, revente à bas prix des invendus de l'année précédente. J'aurais bien aimé pourtant parfois, moi aussi, m'en tenir à ça, savoir faire au moins.

Tiroirs du dessous à l'identique, beaucoup de vêtements, dans la penderie aussi, tous repassés. Chercher une femme de ménage. Noter. Chaque chose était à sa place dans la salle de bains. Huiles pour le corps, masques pour les cheveux, gants de crin, crèmes, peelings, trousse pour les ongles, les yeux, les lèvres, le tout méticuleusement trié et ordonné ; exclusivement acheté dans les meilleures marques. 50 euros le pot, *Shalimar* à peine entamé, huile de bain Dior. Envie.

Redescendre, commencer par le frigidaire, autre lieu de prédilection. Rutilant. Deux yaourts, noter la date, une confiture Fauchon, un sachet de cœurs de salade périmé depuis deux jours, quelques minicarrés de beurre. Pas un reste. Trois boîtes de vitamines alignées près du presse-orange neuf en inox. Vaisselle blanche exclusivement. Réserve d'eau, caisse de champagne inentamée et seau en cristal. Mariée ? A priori non. Aucune trace de vie commune. Noter la question.

Une boîte de céréales de régime dans le placard, café, tablette de chocolat noir, petits pois extra-fins et tomates pelées en un exemplaire. Après tout, elle n'aimait peut-être pas faire la cuisine. Ou bien elle ne vivait pas là. Rajouter la question. Peut-être du genre à manger dehors ; voir les restaurants autour de l'immeuble.

J'ai regardé aussi les DVD dans le salon, pure routine, continuer l'imprégnation, elle était du genre à manger quoi ? à regarder quoi le soir ? Rien que de très classique, mon fils avait sûrement les mêmes. J'en ai quand même sorti quelques-uns pour voir. Au début rien, chaque film correspondait à son boîtier, mais à part quand même, en ouvrant l'un d'eux, un disque sans image ni titre.

J'aurais dû le mettre dans un sachet et l'emporter mais j'ai allumé le lecteur. Pas d'entrée en matière, ni générique ni titre. Juste six hommes dès la première image, cagoules et cache-sexe en cuir, pièce vide. Image suivante, une fille elle aussi masquée, attachée à un lit, un fouet est posé. Bouton avance rapide. Fille à genoux, sexes en érection, fellation et sodomie simultanées.

J'ai éteint, je n'ai pas appelé Plantin, on verrait ça plus tard au bureau. Ne pas croire que ça suffit à tout expliquer, loin de là, ça arrive de trouver ça chez les gens. J'ai rangé le DVD dans un sachet à emporter, simple élément d'enquête. Les autres boîtiers contenaient tous leurs disques d'origine. Quelqu'un aurait-il pu le glisser là exprès ?

Autour, il n'y avait pas un journal, juste un catalogue de voyage du printemps précédent et quatre livres sur l'étagère, sans doute neufs, édition loisir, 5 euros le lot par courrier uniquement. Même les poubelles étaient vides.

Est-ce qu'elle avait une autre adresse ? Est-ce qu'elle vivait ailleurs avec quelqu'un d'autre ? Ses comptes bancaires étaient muets sur la question.

*

Pendant que Plantin fouillait les tiroirs du rez-de-chaussée, je suis retournée dans la chambre. Après tout le ménage avait peut-être été fait à fond la veille de sa mort. Pas une poussière sous le lit ni sur aucun des meubles, pas un livre là non plus. Juste une coiffeuse et deux tables de nuit vides. Une paire de mules rouges dans la penderie, une valise et un sac de voyage. Images des chambres d'hôtel entièrement nettoyées chaque matin. Virginité refaite pour chaque passage. Noté ça. Virginité, tiret, DVD porno, point d'interrogation.

J'ai retrouvé Plantin occupé à fouiller la commode de l'entrée, seul meuble contenant quelques papiers personnels. Les factures étaient rangées. A emporter, contact peut-être utile avec certains fournisseurs. Mais pas d'agenda, aucune carte de visite ni courrier personnel. Est-ce qu'elle jetait tout au fur et à mesure ? Est-ce qu'elle les mettait ailleurs ? Plantin n'avait rien trouvé de plus que moi dans les autres pièces. Juste une boîte de préservatifs qui nous permettrait d'aller voir le pharmacien. On a aussi emporté les draps, taies d'oreiller et deux brosses à dents à envoyer à l'analyse. J'avais pourtant le sentiment d'avoir laissé quelque chose.

*

Plus tard, de retour au bureau, j'ai regardé en entier le DVD. Seule. Je n'en avais toujours pas parlé à Plantin. C'est moi qui dirige l'enquête. Mais, en fait, comment supporter qu'il soit assis près de moi pendant que je regardais ça ? Pendant cinquante-deux minutes, une fille sûrement jeune était attachée par six hommes un peu plus âgés sans doute, encagoulés jusqu'à la fin, fouettée, sodomisée, renversée, reprise, le tout sans un seul mot, juste les cris habituels et des gestes, rien que ça, dans une pièce ne contenant qu'un matelas, un poteau métallique et deux chaises. A dix-huit ans, parce que j'avais l'âge, j'étais entrée dans un cinéma pornographique ; la même année j'avais lu *Histoire d'O* et Sade un peu plus tard. Le film m'avait semblé très mécanique, les livres un peu plus excitants, pourquoi reposaient-ils tant sur cette violence infligée à des femmes ? Pourquoi est-ce que ça m'excitait quand même ?

J'ai apporté le DVD à Plantin, qu'il fasse faire une copie et demande qu'on envoie le tout au labo.

— Qu'est-ce que c'est ?

— Du porno.

— C'était chez la fille, vous venez de le regarder ?

Un instant à peine le regard posé sur moi, aussitôt retiré.

— C'est elle ?

— Je ne crois pas. Regardez.

Le labo nous permettrait peut-être de savoir qui était là, qui avait filmé et fabriqué le tout. Simple piste éventuelle. Quelques minutes plus tard, j'appelais aussi la brigade de répression du proxénétisme. Est-ce que Justine Blanche était sur leurs fichiers, est-ce qu'ils connaissaient au moins ce nom ? Mais impossible de me recevoir pour l'instant, m'avait fait savoir Oberla ; la BRP au grand complet était en opération : traque des mafieux slaves, garde à vue, quarante-huit heures à peine pour les faire craquer et pas assez de moyens en hommes, vous comprenez…

Bien sûr je comprenais. Le contretemps était néanmoins fâcheux. A moi de me débrouiller en attendant.

*

Une demi-heure plus tard, Blancard et Maubert revenaient à leur tour les mains vides de leur enquête dans l'immeuble. Voisins on ne peut plus charmants, à peu près rien à dire, "la jeune femme ? Toujours très courtoise, mais on la voyait peu, vous savez." Idem côté concierge ; immeuble et locataires modèles. Des visites ? "Je ne saurais pas vous dire… Elle est morte ?! Ah quel malheur, mais comment ça ?… Oui je comprends, une enquête… une si gentille jeune femme." Poil de carotte et râpe à fromage. Lisse, très lisse. Comme l'appartement ? Pourquoi on n'y avait rien trouvé à part ce DVD ? Qu'est-ce que ce vide sidéral masquait ? Est-ce qu'elle avait arrêté de se prostituer ? Si oui, qu'est-ce que ce DVD faisait là ? Pourquoi avait-elle disparu des fichiers ? Pour qui ?

Plantin avait peut-être un début de réponse : 2003, loi Sarkozy sur la sécurité intérieure.

— Et alors ?

— Article 50, bougez pas, je vous ramène ça tout de suite… “le fait, par tout moyen, y compris par une attitude même passive, de procéder publiquement au racolage d’autrui en vue de l’inciter à des relations sexuelles en échange d’une rémunération ou d’une promesse de rémunération est puni de deux mois d’emprisonnement et de 3 750 euros d’amende”

— Et ?

— *Exit* la vie au grand air, les plus mignonnes se sont reconverties en *escort girls*, concept assez récent, reclassement haut de gamme des tapineuses. Branchées sur Internet avec coordonnées et tarifs.

Aussitôt dit ; au mot *escort girl*, Google m’a proposé 2 670 000 résultats. Hommes, femmes, Marrakech, Paris, Lausanne, photos ou vidéos, blondes, rousses, Noires, Asiatiques. Plus des sites d’agences, notamment en Suisse.

— En France, l’agence est considérée comme proxénétisme, c’est interdit, m’a précisé Plantin, ça se passe donc de l’autre côté de la frontière.

L’une d’elles présentait un tableau avec noms et photos de ses employé(e)s, tarifs et pratiques. Passif et/ou actif pour les hommes. J’avais surtout apprécié, à côté du nom de certaines femmes, le “supplément sodomie : 70 euros”.

Un peu plus tard j’ai aussi trouvé le dossier complet d’un magazine sous le titre “Le boom de la prostitution invinsible" *(sic)*. "Les *escort girls* font fureur sur la place de Paris. Auprès de certains urbains branchés aisés, banquiers, avocats ou show-bizers. Ils se refilent les bons numéros. Les commandent comme ils font leurs courses. S'informent des «arrivages». «... tu t'éclates sans risques, sans te salir ni te culpabiliser. Là, les filles aiment vraiment la culbute et viennent de leur plein gré se faire du fric à Paris.» Les clients pauvres exploiteraient les filles soumises aux proxénètes. Et seuls les gros salaires consommeraient «éthique» ! (...) Laure, belle brune de trente et un ans, Parisienne qui officie dans l'événementiel, est elle aussi allée «faire ses courses sur Internet», a choisi «sa pute», qu'elle a «consommée» avec son amant dans un hôtel de luxe... Elle est ensuite allée se plaindre auprès de l'agence : le «produit» n'était pas à la hauteur de ses espérances. Habitude de branchouilles parisiens, «*the only game in town*, un sport... aussi tendance que la coke»." Et si ça m'énervait, c'est sûrement que j'étais coincée, frigide, mal baisée ou les trois à la fois.

Montaient ensuite les sites de filles se vendant directement en indépendantes. Toutes jeunes, jolies, en petite culotte, bas et prêtes à se faire prendre. Mais rien à Justine Blanche.

Justine *escort girl* obtenait mille deux cents résultats mais c'était un prénom répandu dans ce bordel électronique. Rien ne prouvait qu'elle était toujours dans le métier. Rien, sauf peut-être le DVD, et encore. Mais si c'était le cas, comment travaillait-elle, pour qui ? comment recrutait-elle ? En attendant que la BRP nationale veuille bien me recevoir, j'ai appelé l'antenne de Marseille puisque Justine venait de là.

Un certain Montclair m'a répondu. Ça tombait bien, me dit-il, il venait de recevoir la fiche signalétique envoyée un peu plus tôt par Plantin. Oui, ils avaient bien un dossier, quelques renseignements. Mais c'était ancien, le dossier dormait depuis un moment déjà.

Qu'à cela ne tienne. J'ai expliqué rapidement pourquoi j'appelais.

— Vous n'auriez rien contre le fait de me recevoir ?

Silence. Ce n'était pas à moi de venir mais à un de mes équipiers, il le savait. Ce qu'il ignorait en revanche, c'était ma tendance obsessionnelle – peur du vide, besoin de maîtriser tout des débuts d'une enquête. Tenter de retrouver au moins le point d'origine.

Bien sûr, je pouvais envoyer à ma place Plantin ou Claire. Evidemment ils en étaient aussi capables que moi. Mais non, je ne savais pas le faire.

Il a heureusement fini par dire :

— Si ça peut vous être agréable.

C'était exactement ça.

J'ai appelé Georges pour le prévenir que je partais. Plantin prendrait le relais au bureau. Il connaissait les règles de mon jeu.

*

Cinq heures plus tard, j'y étais. Au soleil exactement. Dix-sept degrés au lieu de nos huit pluvieux, terrasses au sud, gosses en tee-shirt. C'est par pure jalousie que le pays se moquait d'eux. A Marseille, les enquêtes n'aboutissaient pas, on peut pas reprendre le service à 4 heures et faire un travail sérieux ; à Marseille, les ripoux étaient majoritaires, à Marseille c'était des planqués…

# 4

La BRP locale logeait à deux pas du port autonome, quartier à la marge, déjà périphérique, entre grossistes de vêtements, entrepôts de véhicules destinés à l'exportation, bars arabes et épiceries créoles. A l'instant même où j'ai posé le pied c'était Marseille, espace sursaturé, bruits, déplacements, véhicules en double file, sur les trottoirs et devant les panneaux d'interdiction – et pourtant tout circulait, derrière, un calme inattendu finissait même par apparaître, comme dans un village, des gens arrêtés à l'improviste, conversations tranquilles sur le trottoir. Aucune ville dans mon souvenir ne lui ressemblait ; même Alger dans mon souvenir était plus rangée, même là-bas l'ordre d'en haut avait marqué les rues et l'ordonnancement ; pas ici, rien à faire ici qu'à vivre, avec bordel ambiant et hasard aux commandes, comme aux origines.

J'ai posé ma sacoche, un instant l'idée de tout plaquer et rester là m'a traversée, c'est comme ça qu'au fond j'aurais dû vivre, comme ça qu'à vrai dire j'aurais voulu. Etre là, au soleil exactement, essayer au moins. Cesser de croire au reste.

Pendant quelques minutes je suis restée sans bouger, tout semblait aller de soi, rien à voir avec nos avenues et nos ministères, le carré vu par Haussmann et la rectitude des tracés. Ma poitrine contente s'élargissait. Etre là, juste ça.

*

J'ai fait deux ou trois allers-retours sur le trottoir avant de comprendre que le bâtiment de la brigade était le glacial bloc de béton et fer bleu triste grillagé, sans numéro ni plaque évidemment, furieusement étranger au reste du paysage.

J'ai sonné, montré mon visage à la caméra, la porte s'est ouverte, vagues carreaux au sol et au mur, deux chaises type Education nationale en 1959 dans une entrée vide. Brève image d'Alger. Pièces vides. Carreaux identiques. Sud quand même.

Une deuxième porte verrouillée avant l'accueil, trois mètres carrés aveugles et petite table en formica.

"Le lieutenant va vous recevoir."

L'irrépressible envie d'être dehors malgré tout.

*

Montclair est arrivé quelques minutes après, jean, mocassins pieds nus, tee-shirt blanc. Beau gosse, main tendue largement. “Bienvenue commissaire, ça devait être urgent.” Pas très différent de la ville, j'avais oublié, filles et garçons si beaux parfois, leurs visages, leurs corps : la plage peut-être à leurs pieds chaque jour, la mer, vivre comme ça vient, aimer ça.

J'ai détesté le pantalon informe mis à la va-vite le matin, mes kilos en trop, ma figure pas faite, je l'ai suivi sans un mot dans l'escalier et le dédale des couloirs et portes tous à l'identique version vieil HLM. Une partie de mes moyens s'était envolée à son arrivée ; quelque chose dont il disposait et pas moi. Dans d'autres circonstances, j'aurais déjà dit l'essentiel avant le deuxième étage.

*

Il m'a précédée dans un bureau cossu, “le commandant de brigade est absent pour la journée, on sera mieux ici, mettez-vous à l'aise”, a posé un dossier sur la table ronde. Ma sacoche en cuir façon ministère m'a semblé déplacée, je me sentais déplacée, j'avais besoin de me rattraper – sur quoi ? Autorité de mon âge et de ma fonction, je n'avais guère d'autre choix.

J'ai dit très vite exprès ce qu'on avait déjà sur l'affaire et ce qu'on ne savait pas.

— Ma méthode consiste à identifier la mort, c'est sur ça que je m'appuie pour travailler, et donc remonter aux origines. Cerner les origines pour cerner la fin, vous voyez ?

Ça a sonné très creux. Il m'a regardée, s'est mis en retrait sur sa chaise.

— Vous cherchez quoi ?

— D'où vient Justine Blanche, comment elle a fini.

Il a avancé le dossier vers moi.

— C'est tout ce qu'on a.

J'ai insisté quand même.

— Pouvez-vous m'en dire plus ? D'où elle vient, son parcours, comment elle a évolué ?

Il a bien voulu se montrer courtois au moins. Justine Blanche était un cas à part ; à Marseille, les prostituées mineures se comptaient sur les doigts d'une main.

— Marseille n'est pas Paris, ici il n'y a pas de clientèle pour ça. Sur les dix-huit mille prostituées du pays, cinquante pour cent sont à Paris.

— Et Justine ?

— Rupture de famille très jeune, sans doute beaucoup d'ambition… Le dossier est déjà ancien comme je vous l'ai dit.

— Vous l'aviez rencontrée à l'époque ?

— Non.

— Quelqu'un d'autre chez vous ?

— Je ne crois pas.

Il a regardé sa montre, a encore avancé le dossier.

— Prenez votre temps, lisez-le, il n'y a pas grand-chose mais sait-on jamais ? Je suis vraiment désolé, j'ai un rendez-vous dans cinq minutes, j'ignorais quand vous avez appelé. Vous pouvez rester dans le bureau, je vous emmène manger quelque chose tout à l'heure pour en parler ? Votre hôtel est réservé ? Je suis désolé, je dois vraiment y aller, prenez votre temps, vous voulez un café ? Il y a un distributeur au bout du couloir, vous avez de la monnaie ?

Le temps de le dire et il quittait la pièce. Une colère noire m'a aussitôt envahie. Mon discours imbécile. Ma précipitation. Deux fois huit cents kilomètres pour rien. Qu'est-ce que je fais, je repars ? Désolée lieutenant, je ne suis pas venue pour ça. A la mauvaise place à nouveau ; j'aurais dû proposer à Georges au moins de m'accompagner. J'ai composé son numéro, sa voix était pressée, il travaillait.

— C'est idiot, j'aurais dû te proposer de m'accompagner.

— Pour t'attendre à l'hôtel ?

— On aurait pu dîner dehors…

— Et ma boutique ?

— D'accord, c'est vrai. Excuse-moi.

— Il fait beau au moins ?

— Magnifique.

— Tant mieux, profites-en ; excuse-moi j'ai un client, je t'embrasse.

*

Deux fenêtres étaient masquées par des stores, j'en ai soulevé un. Dehors c'était la rue, une lumière rasante que je connaissais. Je suis restée là, j'ai juste regardé, ça m'a calmée. J'ai ouvert le dossier, il n'y avait effectivement pas grand-chose. Mon inutile compulsivité m'avait bernée une fois de plus. Je ne suis venue que dans le but de me persuader de mon propre mouvement ? "Ça appartient à votre histoire, madame Partouche, il faut que vous le sachiez ; le départ fait partie de votre histoire."

D'habitude pourtant j'avais la main plus sûre ; un commissaire pas facile peut-être, mais sur lequel on peut compter.

*

J'ai appelé Plantin pour passer à autre chose, me rassurer peut-être, mais rien de vraiment nouveau là-bas non plus ; les réquisitions aux télécoms, à la Sécurité sociale, EDF et aux impôts étaient parties. L'enquête rue Sainte-Anne n'avait pas donné grand-chose, aucune trace intéressante sur les draps et taies d'oreiller, peut-être les brosses à dents, les recherches ADN étaient en cours.

— Et à Marseille ça va ? vous avez appris quelque chose ?

— Pas pour le moment.

J'ai repris mon bloc. Essayer de rencontrer la famille de Justine Blanche à Salon ? Pourquoi personne ne s'était-il manifesté depuis sa mort ? Noter. Demander à Montclair. Et ses anciens clients sur Marseille ? Questions toutes plausibles. Pourquoi ce sentiment alors qu'elles étaient inutiles ? Etre ici ne servait à rien ? Mais, il y avait un "mais" quelque part. Il m'échappait. Il était là pourtant, pas loin.

J'ai repris le dossier laissé par Montclair. A première vue et même en le relisant, il ne m'apprendrait rien de plus que ce que nous avait déjà transmis le fichier central. Pourquoi est-ce que Montclair ne me l'avait pas dit au téléphone ? Parce que, peut-être, je ne lui en avais pas laissé le choix. "Vous comprenez, c'est important, j'ai une méthode un peu à part..."

J'ai repensé à Passante ; quelques semaines après mes premières séances sur son divan, elle avait émis pendant que je parlais un "blablabla" qui m'avait clouée sur place. Comment se permettait-elle ? C'était bien ça pourtant. Blablabla. Discours vide. Je venais de refaire exactement la même chose, peut-être à chaque fois que je ne me sentais pas à mon avantage.

*

A 8 heures comme prévu, Montclair est revenu. Entrée sans frapper, souriant toujours de loin.

— Le dossier vous a appris quelque chose, commandant ?

— Pas vraiment.

— Désolé. On y va ?

La nuit était tombée, il a dit “je vous emmène au vallon des Auffes”, au nom aussitôt le vieux souvenir, l’escapade à Marseille avec Georges après notre rencontre ; quelques maisons en anse autour de l’eau, barques, clapotis, pizza royale et sa main sur la mienne, “je ne peux plus me passer de toi” – l’infinie douceur, ne presque plus douter de soi.

J’aurais voulu passer à l’hôtel, prendre une douche au moins. J’aurais voulu que ce soit l’été, ne pas être ici pour travailler ; j’ai regardé par la fenêtre la Corniche, la mer, vitre un peu baissée.

J’ai cédé.

*

Montclair m'a tenu la porte de la voiture et du restaurant, il avait réservé, restait distant. J'avais envie de vin, je me suis assise, le visage de Soraya-Justine est repassé devant mes yeux, la question est venue toute seule :

— Comment se fait-il que vous ayez ce dossier ? Ce n'est pas la sécurité publique qui s'occupe des racolages habituellement ?

— Vous ne voulez pas que nous commandions d'abord ? Je meurs de faim, pas vous ?

D'accord, mais au moment précis où j'avais posé la question, la sensation familière, le très léger "c'est là" qui ne me lâcherait plus jusqu'à ce que j'obtienne une réponse, m'avait traversée. C'était là quelque part.

La commande était passée, le serveur apportait le vin.

— Si Justine Blanche n'était qu'une petite prostituée comme vous semblez le dire, comment se fait-il que vous ayez le dossier ?

Il m'a servie sans relever.

— J'espère que vous aimez le vin ? Il devrait être bon.

Je n'étais pas assez séduisante sans doute pour obtenir d'emblée une réponse, "le capital symbolique est une notion-clé, maman", le mien était sûrement en chute libre. Je pouvais quand même défendre ma position. Je suis le commissaire Partouche ; moi je suis le commissaire.

Pourquoi est-ce eux qui avaient le dossier ? Est-ce qu'il était encore ouvert ? Y avait-il des éléments qu'il n'aurait pas pensé à me communiquer ?

J'ai planté mes yeux dans les siens. Briller, là au moins je savais. Il ne voulait pas me livrer ses biscuits ?

— Commandant… Qu'allez-vous imaginer ? Pour nous l'affaire est close. Le parcours de Soraya-Justine à Paris ne nous regarde plus. Mais si je peux vous être utile… Encore un peu de vin ?

J'ai tendu mon verre, j'étais quasi certaine de ne pas me tromper.

Je me suis penchée vers lui comme si je lui plaisais.

— Vous ne me croyez pas ?

— Vous ne m'avez toujours pas répondu.

Il a avancé légèrement sa main, trop ronde, toujours pas faite.

— Justine avait beaucoup d'ambition.

Dans le registre des conversations entre policiers, ça s'appelait une phrase-clé.

— Vous voulez dire qu'elle appréciait les hommes ambitieux ?

Il a souri.

— Vous vous apprêtez à prendre mon fou, je m'incline.

J'étais nulle en échecs.

— Industrie ou politique ?

— Des ambitions nationales.

Son style télégraphique me fatiguait un peu mais ça devait être la règle. Un coup chacun, pas de parlote.

— A droite ou à gauche ?

Nouveau sourire.

— Vous vous souvenez, les quadras ?

Oui, on n'en parlait plus, peut-être parce qu'ils avaient vieilli, que "quinqua" était moins joli à placer.

— Et si vous me donniez plutôt un nom ?

Sa main a reculé.

— Encore faudrait-il que je le connaisse.

Cette fois c'est moi qui ai souri façon "et en porte-jarretelles, comment me trouvez-vous ?"

— Ce n'est pas grave, même la plus belle femme…

J'ai repris une gorgée, j'avais envie d'aller marcher dehors.

— J'essaie simplement de savoir qui a mis cette femme dans une poubelle et pourquoi. Je ne vois pas très bien au nom de quoi vous devriez le taire si vous savez quelque chose. J'ai cru comprendre que nous faisions le même métier.

Des années pour arriver à ce genre de phrases, des décennies. Comme aller chez l'esthéticienne, ressortir avec les jambes douces. Je traînais parfois des semaines avant de le faire ; après chaque rendez-vous je me demandais pourquoi.

J'ai levé mon verre.

— A votre santé, lieutenant.

J'ai appuyé sur "santé", ses yeux restaient posés sur moi. Il a simplement dit :

— D'accord.

J'ai dit tout bas "c'est mieux", son dos s'est décollé du dossier.

— Vous êtes mariée, commandant ?

— Pardon ?

— Je me demandais si vous étiez mariée.

J'ai réalisé pourtant que j'attendais la question. J'ai montré mon alliance, qu'il n'avait pas pu manquer de remarquer.

— Et vous ?

Il a levé ses mains.

— Vous l'avez été ?

— Longtemps ?

— Un an je crois.

J'ai apprécié l'imprécision.

— Erreur de jeunesse ?

— Sans doute.

L'incapacité masculine à faire des phrases continuait de me stupéfier. C'était sûrement une des raisons pour lesquelles Georges était resté au fil du temps si important.

— Que fait votre mari ?

— Il est libraire.

J'adorais cette question.

— Vous pensiez qu'il faisait partie de la maison ?

Mais le sujet s'épuisait, notre conversation aussi. Montclair a juste dit :

— Tant mieux pour vous.

Il était temps de passer.

— Si vous me disiez ce que vous savez, lieutenant ?

— Vous ne lâchez jamais ?

— Je suis là pour faire avancer l'enquête.

— La bouillabaisse vous a plu ?

— Elle était parfaite.

Je me suis sentie rosir, je savais ce qu'il faisait.

— Vous êtes toujours aussi pressée ?

— J'essaie juste d'avancer.

— J'ai bien vu. Est-ce que ça vous plaît d'être là, commissaire ?

Ses yeux étaient tournés vers la Corniche.

— Oui, c'est très beau.

Puis :

— D'accord, excusez-moi. C'est très bien d'être ici ; je vous envie.

Le serveur revenait avec la carte. Fromage ? Peut-être une omelette norvégienne ? Je n'avais plus faim.

— Je vous assure, la bouillabaisse m'a comblée.

Je voulais un nom. Il le connaissait. J'ai quand même ajouté :

— Je demande l'addition.

Il m'a regardée, a levé le bras, les doigts de son autre main tapotaient la table.

— Laissez, c'est moi.

Son bras s'est abaissé jusqu'à ma main :

— Accordez-moi au moins ce privilège.

C'était sec. J'ai retiré ma main.

“Et comment ne seriez-vous pas tentée de reproduire ce moment du départ, madame Partouche, il a été si déterminant ?”

— Comme vous voulez.

Ses yeux restaient fixés vers la Corniche, la note est arrivée. A l'instant même j'ai regretté mon impatience, trop tard comme toujours, j'avais interrompu la conversation trop tôt, expédié *ad patres* ce qui ne demandait qu'à être vécu ; il aurait peut-être suffi de rester à cette table, prolonger, et sans doute d'autres choses auraient été dites. Comme d'habitude. Peur de rester ? “Le départ, madame Partouche.” Ne faire du temps qu'une fonction ; n'avoir toujours rien compris, le savoir au moment même.

Est-ce qu'en vivant ici j'aurais su ?

J'ai regardé Montclair, il me touchait. Sa beauté me touchait. Si je n'avais pas décidé une fois pour toutes de m'en tenir à Georges, j'aurais adoré me laisser séduire.

Mensonge. Menteuse.

Il a payé, a demandé une facture. Nous n'avions plus échangé un mot. J'allais m'excuser, mais c'est lui qui a dit :

— Je vous emmène prendre un café sur le Prado et nous parlerons du dossier.

Enfin.

Il s'est levé, a tenu ma chaise. Il a posé sa main sur mon épaule. "Venez." J'ai senti très loin timidement entre ventre et peau, incorrecte, l'envie. Je me savais incapable d'y faire face.

*

La voiture a repris la route de la Corniche, nous nous taisions, l'air était encore doux. Dès que nous nous sommes garés, j'ai senti la mer. Il y avait encore des gens sur la jetée ; j'ai pensé à nos vies là-bas, aux leurs ici. Même les flics le soir pouvaient venir marcher sur le sable. Justine Blanche l'avait sûrement foulé.

J'ai repensé à son appartement quai de Valmy, je l'ai dit à Montclair, il a comme sifflé un peu entre ses dents :

— Vous m'impressionnez… même la plage n'a aucun effet sur vous ?

J'ai ri.

— Vous avez très bien fait, mais c'est comme ça, j'y pense, je vous en parle parce que vous pouvez peut-être m'aider. Cet appartement m'obsède.

— Vous devriez y retourner seule, faire comme si c'était chez vous, allumer sa radio, visionner ce DVD dans son salon.

J'ai compris ce qu'il voulait dire, c'était intelligent.

— C'est ce que vous feriez ?

— Si j'étais une femme, sans doute.

Sa voix était plus entière.

— Dites-moi ce que vous savez.

La mer passait et repassait. Un couple s'embrassait plus loin. Il a fouillé ses poches, sorti une cigarette, c'est curieux, il n'avait pas fumé jusque-là :

— Ça vous dérange ?

Il a aspiré comme si c'était la première fois depuis des jours.

— Soraya était devenue la préférée de Blandin.

Phrase étrange, sans introduction. J'ai mis un temps à comprendre. Et puis j'ai compris. J'avais fait exactement ce qu'il fallait. A l'instant même, je me suis souvenue de ce nom : Marseille. Blandin.

— Marc Blandin ?

— Lui-même.

Figure de proue de la nouvelle droite sociale, ex-étoile montante des tentatives de rénovation du milieu politique marseillais, réduit en cendres par ses chefs pour une sombre histoire de trafic immobilier. Deux ans de prison. Aujourd'hui sous-directeur d'une entreprise pharmaceutique lyonnaise si ma mémoire était bonne. On n'avait plus entendu parler de lui.

— Blandin couchait avec elle ?

— Visiblement il avait craqué grave.

J'ai souri, il parlait comme Victor.

— Il l'avait installée dans un studio ; tout le monde ou presque était au courant ici.

— Un studio à Marseille ? C'est pour ça que vous avez le dossier ?

— Vous avez fini par y arriver.

— Et ensuite ?

— Elle a disparu. Quand le procès s'est ouvert, on a perdu sa trace.

— Quelqu'un a cherché à savoir où elle était passée ?

— A ma connaissance, personne.

— Pourquoi ?

— Pourquoi aurions-nous dû la chercher ?

— Mais avant, pourquoi aviez-vous ce dossier ?

— On gardait un œil.

— Ce n'est pas plutôt le travail des RG ?

— Marseille est une petite ville, commissaire.

— Vous plaisantez ?

— Marseille se comporte et s'est toujours comportée comme une petite ville.

— Il vivait avec elle officiellement ? On les voyait ensemble ?

— Jamais.

— Il la cloîtrait ?

L'appartement sans traces.

— Je ne sais pas. La rumeur dit que Blandin lui rendait parfois visite avec un ou deux amis.

— Vous voulez dire…

— C'est possible…

Il s'est mis à sourire.

— Elle a de la chance d'être tombée sur vous.

— Pourquoi ?

— Vous vous mettez en quatre.

— On l'a quand même retrouvée dans une poubelle.

— Disons que tout le monde ne réagirait pas comme vous. Quand on ouvre les cuisses, il ne faut pas s'étonner…

— Merci, je connais. Et vous, vous en pensez quoi ?

Il a ri un peu, rapidement :

— Disons que le jour où j'en ai récupéré une avec les deux doigts de la main écrasés au marteau et une autre un peu plus tard avec des traces de cigarette sur le bras, j'ai commencé à me demander face à quoi je me trouvais.

— Bravo…

Légèreté.

— Pourquoi êtes-vous passé à la brigade ?

— Je ne sais pas. J'ai dû surprendre papa et maman au lit quand j'avais cinq ans.

La réponse m'a agacée, il avait pourtant le droit, peut-être même raison de répondre comme ça. Ou alors c'est ma question qui m'agaçait, mon côté "j'ai une théorie à part".

La fatigue m'est tombée dessus d'un seul coup. Ça recommençait. J'ai essayé de lutter en vain. Avant même de pouvoir m'en empêcher, j'ai dit :

— On va y aller.

Il m'a regardée sans comprendre.

— Nous commencions à peine…

Il avait raison. Mais le fer était encore chaud, il n'y était pour rien. Comment avais-je pu imaginer la moindre séduction ? J'ai dit :

— Vous m'avez beaucoup aidée.

Il s'est levé.

— Comme vous voulez.

La voix s'était refermée, j'avais moi-même posé le piège.

Je ne voulais plus qu'un lit et dormir. Je pouvais toujours le rappeler le lendemain. De toute façon, il m'avait appris l'essentiel.

*

Je me suis réveillée au milieu de la nuit. J'avais quarante-sept ans. J'étais seule dans une chambre d'hôtel beigeasse et tissu à fleurs. Je n'étais liée à Georges que par l'habitude. Je n'avais choisi ce métier que pour le pouvoir misérable qu'il me donnait. Une misérable petite vie étriquée.

J'aurais tant aimé pourtant.

J'ai allumé. Je n'étais nulle part. Trois ans pour rien chez Passante, des milliers d'euros, est-ce que j'avais des cigarettes ?

Je me suis levée, dans la glace de la salle de bains je me suis vue entièrement nue.

Je me suis assise sur l'unique chaise de la chambre devant l'unique miroir de la penderie. Plis sur le ventre et les cuisses, seins tombants. J'ai détourné les yeux. “Sans doute une transmission féminine positive vous a-t-elle manqué.”

J'ai trouvé des cigarettes dans la valise, j'en ai allumé une.

J'ai allumé la télévision, je l'ai éteinte, je détestais la télévision.

Il y avait beaucoup de silence dans la chambre.
Je suis allée ouvrir la fenêtre, j'ai écarté les volets.
Dehors c'était Marseille.

*

Avec l'âge c'est la même épaisseur qui vient pour tous. D'elle vient de ne pas crier la nuit dans une chambre d'hôtel ni pleurer. Attendre le lendemain. Juste ça.

C'était Marseille dehors, comme autrefois Alger. J'ai eu envie d'aller jusqu'à la mer. De la savoir tout près m'a fait du bien. Vouloir vivre. Aimer ça malgré tout. Savoir qu'il reste du temps pour ça, apprécier cette durée à venir ; savoir qu'elle compte.

A son âge, Justine ne pouvait pas savoir, ni Victor, ni aucun de ceux de leur âge. Même Montclair sans doute. Qu'aurais-je fait dans ses bras ? Et lui, comment aurait-il réagi ? Georges, nos cris parfois, nos mutismes. La présence malgré tout. L'épaisseur.

*

Venir un jour vivre avec lui ici, près d'ici, mettre les pieds dans l'eau ?

Vivre autrement.

Et Justine ?

S'il s'avérait qu'elle s'était empêtrée dans une histoire d'hommes ambitieux, je connaissais la marche à suivre : transmettre à mon supérieur, de là au ministère. Les responsabilités politiques sont si lourdes, madame Partouche, faut-il pour autant les livrer à la vindicte populaire ? On peut être remarquable ministre et pourtant posséder ses faiblesses, madame Partouche.

Il fallait que je dorme. J'ai pensé à Victor, son enthousiasme, son altermondialisme et ses chemises à fleurs ; j'aimais tant cet enfant désormais si poilu des jambes. Combien étions-nous à leur céder le devoir de faire mieux que nous ?

Depuis peu il assumait plus ou moins mon métier, j'imaginais sans difficulté la scène, le bistro près de la fac, "ta mère est flic ?!", silence, regards, "ah là là, galère…", souvenirs communs de manifs et de "mort aux cons", puis ses "mon père est libraire" pour rattraper un peu. Il disait "tu es ma contradiction historique". Je ne disais rien. Il était né la même année que Justine Blanche. Je l'aimais infiniment.

# 5

Le lendemain matin, j'ai quitté Marseille sans recontacter Montclair. Faire comme si de rien n'était, repartir fraîche ; tenter au moins.

L'hôtel heureusement était tout près de la gare, le jour se levait à peine, j'ai fait le trajet à pied. Plus qu'aucune autre, cette ville me touchait ; semblable à nos vies une fois ôtés les fards. Sur elle comme sur ma peau, ça ne tenait pas.

J'ai pris le premier TGV, certains des voyageurs reviendraient ici le soir même. Vivre ici les protégeait.

*

J'ai appelé Georges de la gare en arrivant, "si nous vivions là-bas, qu'est-ce que tu en penses ?" Il a ri. "On en reparle."

Vivre ; subvenir à ses propres besoins. Sur ce point au moins, tenter de ne pas céder.

J'ai retrouvé le bureau avec plaisir, j'avais du pain sur la planche. Une heure plus tard je joignais Marc Blandin au téléphone. “J'enquête sur la mort de Justine Blanche.” Un silence. Ni “Justine est morte ?” ni “je n'ai rien à voir là-dedans”. Juste un bref “je vois”. Il pouvait me rencontrer à son bureau le lendemain si ça me convenait. Ses déboires avec la justice avaient dû lui apprendre.

J'ai relu quelques articles sur lui. Sa période flambante, sa chute. Quelle sorte d'homme est-ce que ça avait donné ?

Par avance, j'aimais ce genre de rendez-vous. Ne pas savoir avant ce qui peut en ressortir, pouvoir perdre ; des mots, rien d'autre pour le faire.

*

Le soir j'ai raconté à Georges le vallon des Auffes, la vie, là-bas, mon envie. Il souriait.

— Tu pourrais partir d'ici ?

— Et toi ?

— Je ne sais pas, on peut toujours aller voir.

— Tu connais déjà.

— J'étais gamin, c'était les vacances.

— Justement.

— Et tu ferais quoi là-bas ?

— Peut-être la même chose, peut-être pas.

— Autre chose ? Tu en es bien incapable.

Nous étions seuls, il s'agissait de nous. Parfois il ne s'agissait que de ça. Marseille m'avait fait du bien.

*

Je me suis réveillée en sursaut à 5 h 40, ça redevenait une habitude. Un arrière-goût de rêve en mémoire, impossible à rattraper. J'ai refermé les yeux mais impossible de me rendormir.

Justine. Ce que j'aurais dû dire à Montclair, les questions que j'aurais dû poser. Ma fuite.

Je me suis levée sans bruit, je n'ai pas allumé les lumières. La vue de la cafetière m'a réconfortée, je suis retournée prendre ma sacoche, j'ai sorti le dossier, les photos, je les ai posées sur la table de la cuisine. Il était 5 h 56. J'ai compris pourquoi j'étais debout. Les poubelles sur le trottoir rue Sainte-Anne, l'heure exacte de l'arrivée du véhicule de collecte, Justine dans le conteneur, les deux hommes l'ignorant. Le studio à Marseille. Blandin. L'appartement sans traces. Le lien quelque part entre ces faits. A l'improviste aussi une brusque remontée d'Alger. Et “après elle j'arrête”. Pourquoi ?

Comme à Marseille tout tombait, avec Georges pourtant hier soir tout tenait.

Je l’ai vu finalement entrer dans la cuisine et me regarder, je l’ai entendu me demander “ça ne va pas ?”. Je n’ai pas été capable de répondre. Je l’ai vu poser ses yeux sur les clichés et demander “c’est elle ?”. Je l’ai vu prendre la photo de Justine Blanche entre ses mains, j’en ai eu un haut-le-cœur.

*

Quatre heures plus tard, mon TGV entrait en gare de Lyon Part-Dieu. Arrivée glaciale, à mille lieues de Marseille. Dès la sortie du bâtiment, l’illusion productiviste et froide d’un avenir radieux. Même les quais aux couleurs parfois italiennes peinaient sous la bruine, les travaux se faisaient dans l’ordre. Rien d’engageant.

Blandin ne m’a pas fait attendre, sa secrétaire m’a introduite aussitôt ; grand bureau, larges baies sur le Rhône, épais fauteuils de cuir.

Il avait pris au moins dix kilos, cheveux moins noirs, joues un peu tombantes. Pinocchio dans l’île aux Anes, aucune fée Clochette en vue. L’expression “se ramasser” m’a traversé l’esprit.

Il s’est levé, “merci, Martine”. Premier regard sur moi, essayer de savoir pourquoi je suis venue, tenter de me jauger. S’apprêter à faire front. Voir peut-être aussi défiler d’anciennes images, les écarter ; tenter de s'en tenir au présent, l'idée d'avoir “refait sa vie”. Savoir pourtant que ce passé va revenir, qu'il est là.

Il était à peine plus jeune que moi, j'étais une femme, il a pensé que ce serait plus facile.

J'étais encore debout, il m'a montré un des fauteuils, s'est assis face à moi. Au premier mot, le pas serait franchi, pas de retour en arrière possible. Est-ce qu'il dirait la vérité ? Oui si c'est oui, non quand c'est non. Tomate juteuse.

J'avais mis une robe pour me sentir plus libre, j'ai souri, Blandin a eu l'air surpris. J'ai dit “je rentre de Marseille”. Son sourcil droit s'est levé.

— Le corps de Justine Blanche a été trouvé le 5 décembre à l'aube dans une poubelle à Paris.

Pas de réaction.

— Je doute qu'elle s'y soit déposée elle-même.

Rien.

— J'ai appris le type de relations que vous entreteniez avec Mlle Blanche à Marseille.

Juste un instant le regard baissé.

— Je souhaite savoir ce qu'est devenue Mlle Blanche après votre départ, connaître les personnes avec lesquelles vous auriez pu la mettre en contact.

Silence.

— A vrai dire, j'ai besoin d'en savoir un peu plus aussi sur elle.

Il me regarde, attend encore.

— Que faisiez-vous dans la nuit du 5 décembre, monsieur Blandin ?

— Pardon ?

— Que faisiez-vous dans la nuit du 5 décembre, monsieur Blandin ?

— Vous voulez dire… ?

— Simple routine, monsieur Blandin.

— Le 5 décembre ?

Il tourne les pages d'un agenda, je n'ai déjà plus besoin qu'il réponde.

— *Così fan tutte* à l'opéra de Lyon.

— Très bien… Je suis allée dans l'appartement de Mlle Blanche à Paris.

Le connaît-il ?

— Le connaissez-vous ?

— Je n'y ai jamais mis les pieds.

J'ai pris mon temps pour raconter, sans omettre le DVD.

— J'ai pensé que vous pourriez peut-être m'aider à comprendre.

Il s'est contenté de déplier un genou. J'ai décidé d'attendre. Laisser passer du silence, trop si nécessaire.

Son visage s'est tourné vers moi comme s'il allait répondre. J'ai pensé alors qu'il mentirait, au pli de sa bouche, à la façon dont il a écarté les cuisses, j'ai pensé que sur ses rapports avec Justine Blanche il mentirait, qu'il n'avait pas encore appris, qu'il ne savait pas que la vérité se dit d'un trait. Il portait partout sur lui le recul devant elle. Trafiquer, c'était le terme. Le mou sous sa chemise le disait, dans ses joues.

Après Justine, j'arrête.

J'ai dit :

— C'est ma dernière enquête.

Je l'ai regardé.

Bluff ou pas.

Jauger ses adversaires, il avait appris, calculer leur détermination.

J'ai ajouté :

— Je sais que vous avez tourné la page.

J'ai pensé au moment même de le dire que ce n'était peut-être pas le cas.

— Avez-vous revu Justine Blanche depuis votre départ de Marseille ?

S'il était aussi fatigué que moi, il répondrait. Mais il était peut-être encore un peu trop jeune, il pensait peut-être encore pouvoir s'économiser.

Que gagnerait-il en le disant ? Que perdrait-il ? Il a dit :

— Une fois.

— Quand ?

— Il y a six mois.

— A quelle occasion ?

— Elle m'avait contacté.

— Pour ?

— Je ne sais pas exactement. Justine ne donnait pas d'explications. Je n'en demandais pas.

— Vous a-t-elle demandé quelque chose ?

— Nous avons dîné ensemble.

— Où ?

— Dans le restaurant d'un ami. A Lyon.

— Il pourra confirmer ?

Il a baissé les yeux. J'avais fait une erreur.

— Bien sûr.

— Justine Blanche n'était venue à Lyon que pour un dîner ?

— Elle serait peut-être restée si je le lui avais proposé.

— Elle voulait renouer avec vous ?

— C'est possible.

— Vous ne vouliez pas ?

— J'avais tourné la page.

— Vous a-t-elle parlé de sa vie, des gens qu'elle fréquentait, de projets éventuels ?

— Je n'ai posé aucune question.

— Mais elle, en a-t-elle parlé ?

— Elle a fait une simple allusion au fait qu'elle souhaitait changer.

— Changer ?

— J'ai cru comprendre que sa vie ne lui convenait pas.

— Qu'a-t-elle dit exactement ?

— Je ne m'en souviens plus, commissaire, c'était il y a six mois.

— Voulait-elle changer de vie en refaisant la sienne avec vous ?

— Je l'ignore, commissaire.

— De quoi avez-vous parlé ?

— Je ne m'en souviens plus, commissaire, c'était il y a six mois.

Menteur. Tricheur.

Je suis revenue à l'appartement de Justine Blanche, son anormale propreté, l'absence de traces. Blandin a semblé apprécier que je change de sujet.

— Justine ne supportait aucune trace. De rien. J'espère que vous me comprenez.

La phrase a résonné curieusement. J'ai cru comprendre à quoi il faisait allusion. Le sexe ?

— Avec la vie qu'elle menait, c'était pourtant difficile.

— C'était son style, sa particularité.

Il a eu un geste inattendu, une sorte de caresse d'une main sur l'autre.

— Elle ne se maquillait jamais en ma présence. Elle n'a jamais rien mis sur son visage.

Les pots pourtant dans sa salle de bains et sa chambre, les tubes de rouge à lèvres, les fards, à qui les réservait-elle ?

— Qui aurait pu vouloir la tuer, monsieur Blandin ?

— C'est à vous de le savoir.

— Auriez-vous pu vouloir la tuer, monsieur Blandin ?

— Vouloir ? Pour quoi faire ?

— Vous débarrasser d'elle.

— Elle était peu embarrassante.

— Que voulez-vous dire ?

— J'ai connu Justine très jeune. Elle était… Elle n'avait pas l'habitude…

— Elle était obéissante ?…

Il a eu une sorte de tic à l'œil.

— Elle s'effaçait facilement.

— Elle semble pourtant avoir très bien mené sa barque.

— Ça n'empêche pas.

— Que voulez-vous dire ?

— On peut être effacé devant les autres et savoir défendre ses propres intérêts.

— C'était le cas ?

— Ecoutez, commissaire, mis à part le dîner dont je vous ai parlé, je n'ai pas revu Justine au cours des trois dernières années.

— Elle ne s'est pas manifestée lorsque vous étiez en prison ?

Mon premier patron appelait ça "un petit coup derrière la nuque". Il m'arrivait encore de le pratiquer quand je commençais à m'ennuyer, pour relancer la conversation, rappeler quelle fonction j'exerçais.

Sa main gauche s'est un peu serrée. Il n'a pas répondu.

— Savez-vous si certains de vos amis marseillais avec qui vous l'aviez mise en contact ont continué à la voir ?

Il a regardé sa montre.

— Je m'excuse, commissaire, d'ici dix minutes je vais devoir partir, un rendez-vous important à l'autre bout de la ville.

— Monsieur Blandin, vous avez logé Justine Blanche dans un studio pendant deux ans. Nous savons que vous y receviez d'autres personnes, des hommes, devrais-je préciser. Justine Blanche a été assassinée. Je cherche à savoir par qui.

Il était en train d'ouvrir un agenda.

— Préférez-vous que je vous convoque à la brigade criminelle ?

Il a sorti un téléphone portable du tiroir de son bureau et l'a glissé dans sa poche.

— Justine a-t-elle continué à fréquenter vos amis après votre arrestation ?

— Demandez-leur.

— Comment s'appellent-ils ?

— Vous trouverez, j'en suis sûr.

— Vous ne voulez pas que leur nom vienne de vous ?

— Pourquoi, à ma place, vous le feriez ?

Il a relevé les yeux curieusement, pas jusqu'au bout. Depuis longtemps déjà cet homme avait perdu l'essentiel et il le savait, la prison n'avait fait qu'entériner les données ; quelle autre possibilité dans ce cas sinon ménager le peu qui reste, d'anciennes amitiés peut-être, vieux rappels d'une vie remplacée dans l'urgence par une autre ?

— Comme vous voulez. Vous recevrez bientôt la convocation dans nos services. J'obtiendrai sans mal la réquisition sur vos appels, vous connaissez la procédure.

Il n'a pas répondu. Je me suis levée. C'était fini pour l'instant. Je savais pourtant qu'il m'avait donné une information essentielle. Je ne savais pas encore laquelle.

En ressortant, je l'ai imaginé en compagnie de Justine Blanche. C'est curieux, ça ne m'était pas venu tant qu'il était devant moi. Comment avait-elle pu ? Pourquoi ? Rencontre de deux absents ? Intérêts sans doute bien gardés des deux côtés. Ambitions à défaut de vivre. Simple cache-misère ? Mais alors c'était sinistre et je n'avais rien compris au visage sur les photos. Absolument rien. L'hypothèse de cette relation ressemblait pourtant à son appartement. Froid, en apparence propre. Où était-elle, elle, dans tout ça ? Pourquoi est-ce que je n'en trouvais pas de trace ?

*

En descendant du TGV, j'avais mon ordre de bataille. Reprendre tous les numéros des listings téléphoniques de Justine Blanche, qui elle avait appelé, pourquoi, quand, combien de fois. Reprendre aussi en urgence le dossier marseillais.

Qui fréquentait le studio à l'époque ? S'y était-elle rendue récemment ? Est-ce qu'elle y avait encore des contacts ? Obtenir la convocation au bureau de Blandin. Savoir ce qu'il n'avait pas dit. Reconstituer à la virgule l'emploi du temps des quinze jours précédant la mort. Remonter à un mois puis deux si nécessaire. Pute ou pas.

J'ai réuni l'équipe dès mon retour, bien sûr ils avaient autre chose à faire, d'autres dossiers en cours, le ton est monté assez vite. J'ai interrompu la séance pour aller prendre un café au distributeur. En revenant j'ai dit :

— Vous n'avez pas le choix, pendant quinze jours c'est elle, on a perdu assez de temps comme ça.

— Et Bommard, qui s'en occupe ? a demandé Plantin.

— Bommard attendra.

— Au moment précis où on commençait à avancer ?

— Pourquoi elle et pas lui ?

C'était une bonne question. J'ai dit :

— Je sais.

Brève détente.

— Mais c'est comme ça. Je sais ce que vous avez à faire. Mais à un moment il faut y aller, celui-là et pas un autre. C'est maintenant. Ne me demandez pas pourquoi.

C'était peu, mais ils n'avaient plus le choix. Je ne voulais plus qu'ils l'aient.

# 6

La nuit même, j'ai rêvé d'un tableau occupant le mur principal d'une pièce aveugle. Il représentait un repas, mais impossible de voir précisément les visages. Leurs traits étaient comme gommés. Ne restaient sur la peau que des ébauches de nez, de bouches, aucun regard. Sous la table, en revanche, un chien allongé qu'on aurait pu croire mort apparaissait précisément, et dans le fond, derrière les convives, une tenture rouge épaisse. Je m'en approchais ; derrière, des couleurs plus claires apparaissaient, comme si la peinture avait été grattée. Je me suis réveillée.

Le lendemain, le même rêve est revenu mais cette fois le chien était bien mort. Je découvrais sous la tenture d'étranges motifs à fleurs légers, pastel, que je crus pouvoir identifier quelques heures plus tard en passant devant la vitrine d'une boutique pour dames. Un imprimé de robe sans doute printanière. J'avais pensé aussitôt à Justine, mais impossible d'établir le moindre lien entre le rêve et l'enquête.

*

Au bureau, mon coup de gueule avait effectivement fait avancer les choses, l'équipe s'était enfin concentrée sur le dossier : appel un à un des numéros présents sur le listing du duplex transmis par les télécoms, peu nombreux, elle ne devait en effet pas souvent y vivre ou utiliser un portable, pour l'instant pas retrouvé, comme était étonnante l'absence d'ordinateur ; à son âge et vu ses moyens, voire son activité, elle devait pourtant en posséder un.

Tout en travaillant sur les listings, Claire gérait le lien avec Marseille, d'où était enfin arrivé, grâce à Montclair, le nom des deux hommes fréquentant le plus assidûment le studio marseillais de Blandin avant sa chute. Le premier sortait du même établissement scolaire pour fils à papa que lui et louait des yachts sur le Vieux-Port. Le second dirigeait les services financiers de la mairie quand Blandin y travaillait. Cette fois, Claire irait à ma place.

Rien en revanche du côté de la BRP parisienne, ni sur Justine Blanche ni sur Soraya. Tant qu'il n'y avait ni souteneur ni proxénète, le dossier restait vide, m'expliqua Oberla, enfin disponible. Mais si j'avançais sur la piste de la prostitution, me dit-il, il pourrait essayer d'en savoir plus en faisant "travailler ses réseaux".

C'est alors que le miracle eut lieu, la porte d'entrée secrète enfin révélée, le vœu à sainte Rita exaucé – ou bien je me leurrais complètement –, en la personne de Belove Latortue, Haïtienne comme l'indiquait son nom, sans doute *escort girl* et liée à Justine ; son numéro revenait plusieurs fois sur le listing du duplex.

Claire l'avait déjà rencontrée deux fois. La première, elle ne connaissait pas Justine. La deuxième, en présence de Vincent, oui, elles se croisaient de temps en temps à des fêtes privées au Magnum. La troisième j'étais là aussi, convocation au bureau.

*

Elle est arrivée très en retard. Manteau de fourrure noir et chapka sur la tête. Gigantesque, magnifique. Au moins dix centimètres de plus et quinze kilos de moins que moi. Glaciale, Claire m'avait prévenue. Pas question donc de me laisser surprendre, j'ai décidé d'attaquer bille en tête.

Elle s'est assise face à moi. J'ai posé les mains sur le bureau, je me suis penchée vers elle :

— Que les choses soient bien claires, mademoiselle, nous avons peu de temps. Je veux savoir qui a expédié Justine Blanche dans une poubelle et pourquoi. Vous allez donc me dire ce que vous savez. Si je découvre que vous avez menti, je vous colle faux témoignage, fausse déclaration et je peux aussi rajouter entrave à enquête et dissimulation de preuves. Et si ça ne suffit pas je vous mets le fisc au cul et croyez-moi ils éplucheront tout… C'est à vous de voir.

J'y allais fort, sans preuve, mais en la voyant entrer dans le bureau, j'avais repensé au tableau et surtout cette soudaine raideur de nuque et cette légère moiteur aux mains, qui me trompaient rarement, m'avaient aussitôt envahie ; il y avait de la Justine dans cette femme, j'en aurais mis ma main à couper. Elle n'était pas là pour rien. Elle était même essentielle. Vu de l'extérieur c'était l'inverse, le lien avec Justine Blanche était infime. Mais justement. C'était comme l'appartement sans traces. Comme le corps nu. Comme l'absence d'identité. Pour la première fois, je sentais un lien quelque part entre toutes ces absences et la remarquable froideur de la splendide Haïtienne en faisait partie. Sa trop remarquable froideur et la trop remarquable absence de traces.

Elle a attendu que j'aie fini. Même son sourcil n'a pas bougé. Elle a simplement demandé si elle pouvait fumer, j'ai dit non. Sous son manteau, elle portait un cache-cœur en mohair et un balconnet rouge à dentelle.

— Vous avez parfaitement le droit de vendre votre cul à qui vous voulez. Mais si c'était vous qu'on trouvait nue dans une poubelle, vous préféreriez qu'on laisse tomber ou qu'on cherche qui a fait ça ?

Claire m'a regardée, elle ne comprenait visiblement pas ce que j'étais en train de faire. Claire ignorait encore ma propension sûrement atavique à forcer d'emblée le passage face à une femme détenant sans doute une part au moins de cette vérité que je cherchais désespérément à atteindre. Si elle avait été frêle et fragile, j'aurais sans doute procédé autrement. Mais elle ressemblait à un mur.

Elle s'est juste redressée un peu sur sa chaise, a dit : "J'ai besoin d'aller aux toilettes." Claire s'est immédiatement levée pour l'accompagner.

*

Comme je m'y attendais, ça a pris dix bonnes minutes. C'est fou ce que les gens allaient pisser dans nos toilettes.

Elle est revenue très droite, sèche. J'ai mis le DVD trouvé chez Justine Blanche dans le lecteur du bureau. La fille fouettée hurlait. J'ai dit :

— C'est un métier difficile.

— Je ne sais pas de quoi vous parlez.

— Vous n'êtes pas marchande des quatre-saisons, que je sache.

— Ça me regarde.

— Ce DVD a été trouvé dans l'appartement de Justine Blanche.

— Je n'ai rien à voir avec ça.

— Vous connaissiez Justine, n'est-ce pas ?

Pas de réponse.

— Je vous ai posé une question.

— Vous vous trompez de numéro.

— Et ça c'est quoi ? Ce n'est pas votre numéro ?!

Je lui ai brandi le listing sous le nez, Claire a reculé ; je dérapais, je le savais. J'ai appuyé sur "play".

— Reconnaissez-vous le lieu dans lequel ça a été filmé ?

Elle a simplement haussé les épaules.

— Et ces gens, vous les reconnaissez ?

Elle a eu comme un petit rire sec.

— Bien sûr je les connais.

— Qui est-ce ?

— Bite et cul.

— Pardon ?

— Vous avez très bien entendu.

— Est-ce que par hasard j'aurais omis de vous dire que nous enquêtons sur un meurtre ?

— Je ne connais aucun de ces hommes. C'est n'importe qui.

— Je ne crois pas, mademoiselle.

— C'est ce que je vois en tout cas.

— Et elle, vous la connaissez ? Est-ce Justine Blanche ?

Cette fois elle a levé les yeux vers moi, c'était la première fois. J'ai cru y voir passer une espèce de sourire étrange, retenu.

— Je répète ma question ?

— C'est inutile.

— Est-ce que oui ou non cette fille est Justine Blanche ?

— Sûrement pas.

— Pourquoi ?

Elle m'a lancé un rapide coup d'œil en biais.

— Pourquoi dites-vous que ça ne pourrait pas être Justine Blanche ?

— Je me suis trompée, je ne sais pas.

J'ai appuyé sur "forward". Un peu plus loin la fille à genoux avait les trois orifices encombrés. J'ai répété :

— C'est un métier difficile.

Elle a dit :

— Ça va.

Et puis :

— Qu'est-ce que vous en savez ?

— Je suis une femme.

J'ai su alors ce qu'elle se refusait à dire. J'ai repensé à l'appartement sans traces de Justine Blanche.

Elle s'est reculée un peu, a passé une main sur ses lèvres.

— C'est pas une professionnelle qui fait ça.

Incroyable. Il y avait eu dans sa bouche la même implacable assurance que dans celle de l'ingénieur des BTP commentant son pont d'autoroute. J'ai réalisé à l'instant même que je n'y avais jamais vraiment pensé. Les prostituées étaient des professionnelles du sexe et c'est ce qui les distinguait des autres femmes. C'était peut-être même ce qui les faisait tenir, dans ce domaine au moins elles surclassaient les autres ou au moins pouvaient le croire.

— Et Justine Blanche, elle, était une professionnelle ?…

Silence.

— Vous la connaissiez, n'est-ce pas ?

— Un peu.

Menteuse.

— Est-ce que Justine Blanche aurait pu mourir, disons, d'un accident du travail ?

— Ça arrive.

C'est bien sur ce thème que je devais l'aborder, connaissance du métier, supériorité des spécialistes sur les non-initiés ; qu'elle ait quelque chose d'unique à donner, d'exemplaire.

— Vous avez, disons, un parcours professionnel similaire à celui de Justine Blanche, n'est-ce pas ?

J'ai sorti un cendrier de mon tiroir et je l'ai placé devant elle. Vincent et Claire m'ont regardée comme s'ils me découvraient une revue porno à la main. J'ai dit : "C'est comme ça…" Claire a haussé les épaules :

— De toute façon ça sentait dans votre bureau.

Belove Latortue a sorti un paquet de son sac – est-ce que c'était du vrai croco ? –, a allumé une cigarette. J'ai dit :

— Je reconnais que mon entrée en matière était un peu sèche, mademoiselle.

Elle a levé ses yeux vers moi.

— Je veux savoir ce qui est arrivé à Justine, vous comprenez ?

Elle s'est contentée de tirer sur sa cigarette.

— Vous êtes une professionnelle aussi, n'est-ce pas ?

— On peut dire ça.

— Comprenez-moi, mademoiselle, la façon dont vous gagnez votre vie ne regarde que vous.

— J'espère bien.

— Nous essayons simplement d'y voir un peu plus clair et vous pouvez nous aider. Votre métier comporte des risques, il vous arrive sans doute…

Elle m'a coupé la parole.

— Comme dans toutes les professions, si on veut une réputation et les revenus qui vont avec.

— Dans votre cas, en quoi consistent ces risques ?

— Une affaire peut mal tourner.

— Pourquoi ?

— Il faut faire attention à ce qu'on fait et avec qui. C'est un métier à part.

— C'est-à-dire ?

— Certains clients veulent aller trop loin.

— Trop loin dans quoi ?

— Ce qu'ils nous font faire.

— C'est quoi trop loin ?

— On ne peut accepter certaines choses que de certains clients dont on est sûres qu'ils ne vont pas le retourner contre nous une fois que ce sera fait.

Ce n'était pas très clair mais je n'étais pas sûre de pouvoir déjà lui demander d'être plus concrète.

— Ça vous est arrivé ?

Elle a hésité. C'était peut-être un peu tôt. Mais elle avait commencé à dérouler le fil.

— Une fois.

— Et ?

Elle a baissé les yeux.

— Il faut être très vigilant.

— Pouvez-vous être un peu plus concrète ?

— Une fois j'ai cru que ça allait mal tourner.

— Comme Justine Blanche ?

— Peut-être.

— Vous connaissiez ses clients ?

— Je n'ai rien à dire.

— Vous comprenez que nous cherchons à attraper ceux qui ont fait ça ?

— J'ai compris.

— Vous pouvez nous aider.

— Pour qu'il m'arrive la même chose ?

J'ai souri, c'est curieux comme la réalité dans ce bureau semblait parfois pompée à tour de bras sur les plus mauvaises des séries télévisées.

— Ecoutez, mademoiselle, admettons que vous puissiez nous aider à comprendre ce qui s'est passé, admettons même que vous nous donniez le nom d'une personne qui se révélerait impliquée dans cette affaire. Vous imaginez quoi ? Que nous allons révéler d'où nous vient l'information ?

— Ils le sauront.

Tiens, ils étaient plusieurs ?

— Et ils vont venir vous tuer, c'est ça ? Vous pensez qu'ils n'auront que ça à faire ?

— ... Est-ce que vous connaissez l'appartement de Justine, mademoiselle ?

— Le studio ?

A mon silence, elle a dû comprendre ce qu'elle venait de m'apprendre.

— Non, je parlais de son appartement quai de Valmy. Est-ce qu'elle y vivait ?

Elle a mis ses mains l'une dans l'autre, m'a regardée. Elle a détourné ses yeux, les a laissés fixés vers la fenêtre. Ses traits tombaient, à l'improviste ils venaient de se défaire, un instant une insondable tristesse partout, plus de magnificence d'aucune sorte, à qui pensait-elle ? Elle s'est redressée sur la chaise, s'est tournée vers moi. Elle a dit :

— Elle vivait chez moi.

Voilà. La tenture du tableau venait de brutalement se soulever, sous le velours épais rouge cramoisi, Belove Latortue d'un geste venait de nous montrer le ton étrange et suranné d'une impression fleurie. Les professionnelles du sexe unies pour le meilleur et pour le pire comme deux orphelines. La splendide Haïtienne et Justine collées ensemble comme deux petites filles aux allumettes. Un instant, je ne sais pas pourquoi, j'ai pensé à Georges avec une tendresse immense. Si, bien sûr. “Si tu n’avais pas rencontré Georges, je n’aurais pas donné cher de toi”, l’autre phrase de ma mère.

Qu’arrive-t-il aux petites filles quand on les laisse trop seules ? Le loup ne va-t-il pas les dévorer ?

Pourquoi avait-elle dit ça ? Qu’est-ce qui lui avait fait franchir le pas ? Est-ce qu’elle avait voulu nous faire savoir qu’après tout elle était comme les autres ? Peut-être. J’ai dit :

— C’est une information essentielle.

Evidemment. Pour la première fois enfin, une des données de l’équation. Le duplex quai de Valmy, l’absence tangible de traces.

— Depuis quand vivait-elle chez vous ?

— Six mois environ.

Alors nous avons su le reste, puisque le premier pas avait été franchi. Belove Latortue et Justine Blanche, professionnelles avérées, avisées, se sentaient moins seules à deux. Oui, elles travaillaient parfois ensemble.

Tout se rapprochait, instant comparable à nul autre.

— Vous travailliez ensemble le soir où Justine est morte ?

La densité soudaine, silence de marbre, comme si nous disparaissions tous. Tout est là, rien encore ; comment aurais-je pu imaginer faire un autre métier ?

— C'est important, mademoiselle.
Une très petite phrase.

Elle a juste hoché la tête. L'équation n'était plus un abîme.

— Très bien.

Comme Passante, exactement les mêmes mots – me souvenir du bien que ça me faisait quand elle les prononçait.

A moi maintenant de la rejoindre, me rapprocher suffisamment pour qu'elle me sente à ses côtés. Etre comme elle. Me retrouver dans la pièce où elles étaient ensemble ce soir-là.

— Ils étaient plusieurs ?

— Non.

M'asseoir comme elle dans cette pièce.

— Un client déjà connu de vous ?

— Oui.

Quels souvenirs la traversaient ? Quelles images auxquelles nous n'aurions jamais accès ?

— Quel est son nom ?

Un instant elle me regarde sans répondre. Bien sûr. C'est si difficile.

— Je veux juste son nom.

Elle baisse les yeux.

— Je sais que c'est difficile, mademoiselle ; vous comprenez pourquoi je vous le demande…

— Marc. Il s'appelle Marc, c'est tout ce que je sais.

— Vous avez ses coordonnées, son numéro, vous saviez où le joindre ?

Elle se contente de secouer la tête.

— C'est lui qui appelait. Il appelait Justine.

— Est-ce que vous savez autre chose sur lui, un détail, un élément qui puisse nous aider à l'identifier ?

Elle n'a pas répondu tout de suite ; ce n'était peut-être plus très important. L'appartement où il était avec elles ce soir-là devait garder sa trace. Ou même elles peut-être, Justine et Belove. Mais sans que rien le laisse prévoir, elle a simplement dit très vite :

— Il est haut placé.

L'expression a sonné étrangement.

— Que voulez-vous dire ? Comment savez-vous qu'il est haut placé ?

— Justine me l'a dit.

J'ai repensé au dossier trouvé sur Internet.

— Haut placé jusqu'où ?

— Je ne sais pas très bien.

— Au gouvernement ?

Vincent m'a regardée comme si je venais de relever ma jupe.

— Je ne peux pas le dire.

— Vous ne savez pas ?

— Je ne peux pas le dire.

D'accord, au gouvernement ou tout près. Pétés de tune comme aurait dit Victor, et très mal élevés.

— Marié ?

Elle a juste hoché la tête. Bien sûr marié.

— Il la voyait souvent ?

— Peut-être une fois ou deux par semaine.

— Parfois seul avec elle ?

— C'était selon.

— Et avec lui, il fallait prendre des risques ?

— Ça dépendait des jours.

— Des risques jusqu'où ?

Elle a baissé les yeux, j'ai dit :

— Vous savez, nous sommes tous majeurs.

Mais le problème était ailleurs. C'est d'elle qu'elle parlait. D'elle dont je lui demandais de dire comment elle "travaillait". Ce qu'elle faisait de son cul et comment.

J'ai entendu alors Claire demander :

— Est-ce qu'il frappait ?

Belove Latortue l'a regardée, ce jour-là elle était en jean serré taille 36, seins pointant, très présents, yeux très verts.

— Ça pouvait arriver.

— Il aimait ça ?

Vincent s'est tourné vers Claire, Claire ne voyait plus personne.

— Comme tous ceux qui le font.

J'ai repensé à l'autopsie, aucune trace de coup récente ; Claire continuait :

— Est-ce qu'il est arrivé qu'il ne se contrôle plus ?

— Une fois, heureusement, il n'était pas seul.

— Il y avait un autre homme avec lui ?

— C'est ça.
— Qu'est-ce qui s'est passé ?
— L'autre l'a arrêté.
— Qui tapait-il ?
— Moi.

Claire s'est tue. Nous nous sommes tous tus. Mais elle a repris, bien sûr ; elle cherchait.
— Vous l'avez revu ensuite ?
Ce n'était pas la bonne question, j'ai coupé Claire.
— C'était il y a combien de temps ?
Elle a hésité à nouveau.
— Quinze jours.
— Et vous l'avez revu ?

Elle a levé les yeux vers moi. Tenter de peser les effets de sa future réponse sur sa vie. J'ai dit :
— Allez-y.
Elle a ressorti le paquet de cigarettes de son sac.
— Quand avez-vous vu cet homme pour la dernière fois ?
— Le soir où Justine est morte.
Tout simplement.

Sa main tremblait un peu, j'ai dit :
— Vous nous aidez beaucoup.
— … A quelle heure se sont-ils quittés ?
— Je ne sais pas.
— Est-ce qu'il pourrait l'avoir tuée ?
— Je ne sais pas.

Alors j'ai dit :

— Parlez-nous de Justine.

Parce que je savais que nous allions arrêter bientôt, c'était le moment ou jamais, elle s'était rapprochée suffisamment, maintenant je voulais savoir ; j'avais besoin de savoir.

Et la tenture s'est soulevée encore ; elle a raconté Justine maniaque jusqu'à la folie de l'ordre autour d'elle, des vêtements qu'elle portait, du soin qu'elle prenait d'elle, implacable devant les hommes même dans les pires positions, gérant d'une main de fer ses rendez-vous, ses comptes en banque et son régime. Mais bavarde jusqu'à l'aube quand elles étaient seules, belle à crever même au réveil. Décidée à se retirer pour ses trente ans. Drôle à se pisser dessus quand il n'y avait plus que Belove Latortue pour la regarder.

Pendant qu'elle parlait, j'ai repensé aux photos. La Justine du cliché pris dans la benne n'avait pas grand-chose à voir avec celle qu'elle nous décrivait. La Justine de la benne venait du meurtre. C'était la première fois que je le réalisais vraiment. Détachée de son histoire et de sa vie par le meurtre.

J'ai repensé à ce que m'avait dit Chantal après avoir vu mourir son mari. "Deux ou trois secondes après avoir rendu son dernier souffle, son visage transformé par la douleur a disparu et c'est celui d'avant qui est revenu." Pour ceux qu'un autre faisait mourir, ce n'était pas le cas, curieusement ça ne l'était pas. Eux gardaient la trace. Je commençais à comprendre ce qui m'avait éloignée d'elle jusque-là.

Belove Latortue ne parlait plus, je lui ai proposé un café, elle a refusé. J'ai attendu, nous attendions tous. Nous savions ce qu'elle tenait entre ses mains ; doucement j'ai dit :

— Revenons au soir du meurtre, vous voulez bien ?

Elle a rallumé une cigarette. Comme toujours quand quelqu'un dans cette pièce se mettait à dire les choses comme elles étaient, quelque chose changeait, comme une voix qui trouve enfin sa place ; vingt ans après, j'étais toujours aussi touchée par ce moment. C'est peut-être simplement pour lui que je faisais ce métier. Renverser le “je t'interdis de voir” de ma mère. Renverser son “je t'interdis de savoir”.

Alors elle a raconté le studio de Justine, l'homme qu'elles baisaient, ses punitions, ses menaces, les postures qu'elles devaient prendre ; ses fessées, puis le sexe à nouveau. “Il payait très bien.”

— Combien ?

— 300 euros de l'heure. 2 000 pour la nuit complète.

Vincent n'a pu empêcher un sifflement. En une nuit elle gagnait un de ses mois de salaire. Comme les avocats faisant gagner à leurs clients des procès rapportant des millions. Quel type de millions les clients de ces femmes gagnaient-ils en faisant appel à leurs services ?

Elle a eu en le disant une sorte de sursaut, comme si à la fois le chiffre la surprenait elle-même et peut-être la rehaussait.

— C'est bien payé, n'a pu s'empêcher de dire Claire.

C'était sans agressivité, juste un constat, doublé peut-être d'une brève envie.

— Ils en ont pour leur argent.

Est-ce qu'elle l'a dit pour se rassurer ? Est-ce qu'elles se le disaient entre elles pour se rassurer ?

— Et ensuite, que s'est-il passé ?

— Je les ai laissés.

— Pourquoi ?

— C'est ce qu'il voulait, presque à chaque fois.

— Il finissait la nuit chez elle ?

— Non, il rentrait avant 5 heures, parfois plus tôt.

— Et ?

— Justine n'est pas rentrée.

— Ça ne vous a pas inquiétée ?

— Ça arrivait. Elle pouvait dormir sur place, aller dans son appartement. Elle pouvait aussi disparaître deux ou trois jours.

— Pour aller où ?

— Je n'ai jamais su.

— Elle ne vous l'a jamais dit ?

— Puisque je vous dis que je ne sais pas.

Une pointe d'énervement dans la voix. Tout partager sauf ça. Justine Blanche la tenait elle aussi à l'écart. Justine Blanche, maître de l'écart. Un instant, sans savoir pourquoi, j'ai pensé à Blandin.

— Est-ce qu'elle travaillait parfois à Lyon ?

— Non, sur Paris. Ou bien on l'emmenait.

— Où ?

— N'importe où, où les clients voulaient qu'elle aille.

— Par exemple ?

— Deauville. Megève. Tanger. New York, pourquoi pas.

— Vous ne m'avez pas répondu. Est-ce qu'elle allait à Lyon ?

— Je ne sais pas.

Je ne l'ai pas crue.

— Si vous le savez, dites-le, c'est important.

— Je ne sais pas.

— Ses clients étaient-ils toujours les mêmes ?

— Il y avait des nouveaux.

— Connus comment ?

— Par le bouche à oreille.

— Il lui arrivait de refuser ?

— Bien sûr.

La voix professionnelle à nouveau.

— Mais pourquoi avait-elle un studio et un appartement alors qu'elle vivait chez vous ?

— Je ne sais pas.
— Vous ne lui avez jamais demandé ?
— Pour quoi faire ?
— Ça ne vous étonnait pas ?
— Ça la regardait.
— Est-ce qu'elle recevait dans les deux ?
— Plutôt dans le studio, je crois.
— C'est elle qui avait rencontré ce Marc ou vous ?
— Elle.
— Comment ?
— Je ne sais pas. Je vous l'ai dit, ça se faisait par le bouche à oreille, les clients nous en amenaient d'autres.

Tu as vu ma nouvelle voiture, tu as vu ma nouvelle pute.

— Elle le connaissait depuis longtemps ?
— C'est possible.
— Pourquoi ?
— Quand j'ai connu Justine, elle le voyait déjà.
— Quand avez-vous connu Justine ?
— Il y a un an.

Rappeler Montclair. Chercher du côté de Marseille.

*

C'était le moment d'arrêter ; savoir suspendre. Quand je lui ai dit que nous allions arrêter, elle a eu l'air surprise ; elle en avait tellement dit déjà.

Je connaissais la façon dont leurs épaules se voûtaient à ce moment-là, ce que nous leur avions enlevé, ils avaient tellement pris sur eux pour dire et nous reprenions tout.

— Mais j'ai encore besoin de vous.

Formule ambiguë.

— J'ai besoin que vous dressiez le portrait-robot de cet homme…

— Vous voulez dire… ?

— Oui, celui que vous avez vu la dernière nuit.

— Mais…

— C'est indispensable.

Visiblement ça la gênait, bien sûr ; dessiner un visage, ne plus se contenter des mots. Craindre de se tromper. Démasquer, au sens propre.

— Cette fois encore, vous pouvez nous apporter une aide précieuse… Personne ne saura d'où vient l'information.

Claire m'a regardée, j'ai juste un peu haussé les épaules. Quoi qu'il en soit, nous nous débrouillerions pour protéger notre source.

*

Plantin lui a demandé de le suivre. Elle le dépassait largement d'une tête. Je lui ai dit qu'elle pouvait laisser ses affaires dans mon bureau. Avant de quitter la pièce, elle s'est retournée comme si elle allait parler, s'est ravisée. J'ai dit : "Ça va aller." Ce n'est peut-être pas à elle que je m'adressais.

Après son départ, j'ai réuni le reste de l'équipe, réparti les tâches. Claire partait à Marseille. Je convoquais Blandin. Avec Vincent je me chargeais aussi du studio de Justine.

*

Une longue heure plus tard, Plantin et Belove Latortue sont revenus. Plantin s'est arrangé pour entrer derrière elle, j'ai vu qu'il s'était passé quelque chose. J'ai compris aussi qu'il fallait la laisser partir.

Je le lui ai dit avant qu'elle ne se rassoie, elle a juste rajusté sa jupe, remis son manteau et sa chapka sans rien dire.

— Je vous remercie, mademoiselle, grâce à vous nous allons trouver.

Elle n'a pas répondu. Je me suis levée pour l'accompagner jusqu'à la porte. Elle repartait vers son travail. Sans Justine. Elle en trouverait une autre peut-être pour supporter. Ça m'a fait repenser au site sur la prostitution que j'avais trouvé sur Internet la veille, “problèmes psychosexuels dans la mesure où il s'agit d'une profession liant une sexualité artificielle à la fausse intimité. Fétichisme répandu (éjaculation sur les pieds, éjaculation faciale), pratiques sexuelles marginales : urophilie, sadomasochisme. La désirabilité, un sentiment rassurant et valorisant pour une femme, devient pour une *escort girl* une sexualisation parfois traumatisante.”

Où en était-elle, elle ? Qu'en disait-elle ? Ce n'était pas le lieu ni le moment pour aborder ça, je le savais. Juste utiliser ce qu'elle venait de dire pour l'enquête, s'en tenir là. Facile, protégeant.

*

Elle a franchi la porte. Claire a émis un grand pfffou suivi d'un "c'est du béton armé" dont rien n'indiquait s'il s'adressait au dossier, à la femme qui venait de quitter le bureau ou à autre chose encore.

Plantin a posé le portrait-robot sur mon bureau. Exactement ce que je craignais. Nous avions sous les yeux Marc-Alain Baffart, secrétaire d'Etat au Commerce extérieur ; Claire a prononcé son nom au moment même où il s'imprimait dans ma mémoire, associé au journal télévisé de la semaine passée, à propos d'une histoire compliquée de droits de douane avec la Chine.

# 7

Ce que je craignais depuis ma conversation avec Montclair venait donc d'arriver ; l'équation venait de se renverser et si j'écoutais le congénital fatalisme que m'avaient légué quatre générations de Partouche élevées au lait de chèvre, aux dattes et au miel dans les montagnes des Aurès, elle venait même purement et simplement de s'annuler. *Exit* l'équation. *Exit* Justine. *Exit* la benne et la rue Sainte-Anne. “Les responsabilités politiques sont si lourdes, madame Partouche, peut-on inconsidérément livrer ceux qui en ont la charge à la vindicte populaire ? On peut être remarquable ministre et pourtant posséder ses faiblesses, madame Partouche.” Amen.

— Et maintenant, on fait quoi ? a demandé Plantin, le regard déjà plein de gourmandise, attendant de voir quel lapin désormais forcément albinos j'allais être obligée de tirer de mon chapeau.

— La situation ne vous déplaît pas, on dirait. Un vaste sourire s'est affiché sur sa figure.

— Vous me connaissez bien, patron... Je n'y suis pour rien s'ils glissent eux-mêmes les peaux de banane sous leurs pieds.

J'ai agi alors précisément comme personne ne s'attendait à me voir faire, j'ai dit :

— On ne va rien précipiter ; Vincent, vous venez comme convenu avec moi dans le studio de Justine. Blancard, vous avez une heure pour vérifier les liens éventuels entre Baffart et Blandin. Ils appartenaient à la même famille politique, ont à peu près le même âge, l'un des deux aurait pu rendre des services à l'autre. Claire, tu vas quand même à Marseille rencontrer les camarades de Blandin ; tout ça c'est le même parti et ils ont tous été en rapport avec Justine ; essaie d'en savoir plus. Vous, Plantin, vous préparez une convocation pour Blandin ; je l'appelle en rentrant du studio.

— Vous laissez filer Baffart ?

— Je ne laisse rien filer du tout, c'est précisément ce que j'essaie d'éviter. Tu me vois aller dire à Vrémont : "Monsieur le directeur, on a le coupable, c'est le ministre Machin mais on n'a pas d'autre preuve que ce portrait-robot et la confession d'une *escort girl*" ?

Il n'a pas cru bon de relever le tutoiement, a préféré répondre :

— Je vous suis.

Pour une fois, tout le monde semblait d'accord.

*

Une heure plus tard, je découvrais le studio dans lequel Justine recevait, rue du Faubourg-Saint-Denis, jouxtant la gare de l'Est. Pas de moquette dans l'escalier ni de porte blindée ; le lieu était une image en négatif de l'appartement du quai de Valmy : couleurs sombres, peu de lumière – fenêtres étroites au nord –, aménagement rudimentaire : juste un lit double dans une sorte d'alcôve, un canapé, deux fauteuils, deux poufs – un instant une image d'*Histoire d'O*, deux chaises en métal. Une simple salle de douche. Un évier, un frigidaire et un four au fond de la pièce. Le tout irrémédiablement propre – comment un tel ordre était-il possible si elle s'y trouvait avec Baffart juste avant de finir dans la poubelle ? –, presque pauvre. "Gourbi", aurait asséné mon père d'un œil implacable, "cet endroit est un gourbi".

*

L'équipe scientifique était au travail, j'avais commencé à fouiller les tiroirs, presque vides ; Vincent m'a appelée :

— J'ai le trésor de guerre.

Dans le placard, sous la télévision, des godemichés longs, épais, minces, à pile, en caoutchouc, des laisses, bracelets et colliers en cuir. Plus des DVD, j'en ai mis un dans le lecteur, *bis repetita*, fille ahanant, hommes en chaleur et masque de cuir pour tout le monde.

Cinq minutes plus tard, je trouvais le reste sous le lit. Dans une petite valise en cuir, quelques photos anciennes : Soraya-Justine à dix ans, une plage à Marseille peut-être, d'autres enfants – pas de trace pourtant de sa famille ; partie sans laisser d'adresse, m'avait informée Montclair –, plus une vingtaine de lettres à lire au bureau, des factures, les documents de notaire de ses appartements, une carte postale vierge de Marseille, un carnet de santé à peu près vide et un numéro de téléphone sur un bout de papier, correspondant au Sud-Est.

J'ai mis le tout sous sachet, nous sommes repartis ; l'équipe scientifique restait sur place. A première vue, les traces ne manqueraient pas.

*

Un peu plus tard, Blancard débarquait dans mon bureau. En effet Blandin et Baffart se connaissaient ; non seulement ils avaient appartenu au même parti, mais ils avaient travaillé au sein de la même commission.

— Laquelle ?

— J'ose à peine vous le dire.

— Je t'écoute…

— Lutte contre l'esclavage moderne.

— C'était quand ?

— Juste avant la chute de Blandin.

— Et depuis ?

— Je ne sais pas encore, Blandin a quitté le parti. Je cherche.

— Merci, c'est déjà ça.

Une heure plus tard, je convoquais Blandin. L'ex-député ex-taulard avant le secrétaire d'Etat en exercice. Préparer le rapport de force. Ne pas attaquer la pyramide sans échelle.

*

Au téléphone, Blandin a d'abord essayé de gagner du temps. J'ai dit :

— L'enquête avance.

— Vous savez donc que je n'y suis pour rien.

— C'est en tant que témoin que vous êtes convoqué.

— J'ai autre chose à faire.

— Je ne vous demande pas votre avis. La convocation est officielle.

— Vous plaisantez ? Je vous répète que je n'ai rien à voir avec tout ça ! C'est de l'acharnement ?

— Non, monsieur Blandin, simple recherche de la vérité. J'aimerais vous parler d'un de vos amis. Je crois que vous avez des choses à nous apprendre.

Dire le nom ? Laisser planer le doute ? Si je disais le nom, Blandin préviendrait peut-être Baffart, ça lui laisserait le temps de brouiller les pistes. Mais ce serait aussi une façon de commencer à mettre la pression, qu'il ne se sente plus à l'abri dans son ministère.

Mais Blandin ne m'a pas posé la question. Evidemment. Blandin voulait éviter de s'exposer, il connaissait le scénario. J'ai décidé de ne rien dire non plus, lui laisser le temps de s'interroger ; faire mijoter la daube. Feu très doux, viande plus tendre.

A 18 heures, Claire me faisait un premier compte rendu au téléphone de ses rendez-vous marseillais. Est-ce qu'elle avait vu Montclair ? J'ai évité la question. Allaient-ils dîner ensemble, de quoi avaient-ils parlé ? Je l'entendais tapoter quelque chose pendant qu'elle parlait.

— Je suis pas sûre d'avoir mon train de retour. Grève de métro, grève de bus et travaux du tramway. Une heure pour aller de la gare a la préfecture ! Ils sont insupportables, y en a pas un pour rattraper l'autre, personne ne respecte aucune règle et je vais vous dire, je crois qu'ils aiment ça !

Je l'ai laissée parler, chez elle, c'était assez rare.

— Tes rendez-vous se sont mal passés ?

— Des sales petits fils à papa mais version Marseille, vous voyez ? Je crois que c'est pire !

— C'est eux qui t'ont mise dans cet état ?

— Entre autres !

— Tu as quand même appris quelque chose ?

— Y a rien à apprendre, rien ! Oui, ils la sautaient…

Elle prend une voix plus basse, imite l'inimitable accent : “Et alors, c'est interdit d'aimer ça, à Paris c'est interdit par le préfet ? Et vous croyez qu'elle n'y trouvait pas son compte ?”

— Ils ne voient même pas pourquoi ils devraient chercher à cacher quoi que ce soit. Oui, ils avaient des parties à trois avec Blandin dans son studio et c'était bien…

— Et ?

— La seule information, si c'en est une, c'est que Blandin était amoureux ; très amoureux à les entendre. Pour eux c'était juste un trou sexuel et une bonne bouche, même ça j'y ai eu droit, chaude comme seules les Arabes peuvent l'être, eh oui. Mais Blandin était amoureux, je crois qu'ils n'ont toujours pas compris pourquoi.

— Amoureux et il la refilait à ses copains ?

— Ça devait le placer.

— Ils l'ont revue récemment ?

— Qui, lui ?

— Non, elle.

— J'ai pas l'impression. J'ai demandé, réponse : “Ne vous inquiétez pas pour nous, mademoiselle, on a tout ce qu'il nous faut.”

— Et Blandin, ils sont toujours en relation avec lui ?

— Ça ne fait aucun doute.

— Malgré la prison ?

— "Ici quand on est amis c'est pour la vie, mademoiselle."

Un temps.

— C'était bien de les voir, mais juste pour écarter la piste.

— Tu as vu Montclair ?

Un nouveau silence rapide.

— Très vite.

— Et ?

— Rien de spécial. Il m'a juste demandé où on en était. Vous voulez la phrase exacte ? "Et votre commissaire, a-t-elle enfin trouvé l'origine ?... Vous savez, vous devez connaître..."

— Je vois, c'est tout ?

— Je crois.

Tu mens mal, Claire, mais c'est une des choses que j'aime chez toi. Sans doute rien d'important de toute façon. Rien qui vaille que je me mette à découvert.

— Merci, ça nous permet d'avancer.

— Vous ne me demandez pas pour Baffart ?

— Tu leur en as parlé ?

— J'ai juste glissé le nom pour voir, sans que ça risque de remonter jusqu'à lui au cas où.

— Et alors ?

— Absolument rien.

— Merci, Claire.

Elle s'est mise à hurler "Taxi" d'une voix suraiguë dans le téléphone. J'ai raccroché. Visiblement, elle n'aimait pas Marseille.

*

Le lendemain à 9 heures, Blandin était là, il n'a pas voulu de café. J'ai répété :

— L'enquête avance ; j'espère que cette fois vous aurez le temps d'entendre jusqu'au bout ce que j'ai à vous dire.

Pas même un haussement de sourcil.

D'accord. Donner le coup de chaud sous la marmite au moment où la viande s'y attend le moins. Faire évaporer l'eau, récupérer les sucs.

— Depuis quand connaissez-vous M. Baffart ?

J'ai vu ses épaules monter un instant et retomber. Cette fois a priori il ne savait pas ce que nous savions.

— Pourquoi cette question ?

Donc il ne savait pas – ou voulait d'abord peser nos billes.

— Nous avons des raisons de penser que M. Baffart est impliqué.

Est-ce qu'il le savait ? Que ressentait-il en voyant un autre que lui à cette place ?

— Impliqué dans quoi ?

J'ai souri.

— D'après vous ? Rappelez-moi… Je crois me souvenir que nous travaillons sur la mort de Mlle Blanche.

— Vous savez que je n'y suis pour rien.

— Est-ce que j'ai parlé de vous inculper ?

— Qu'est-ce que je fais là ?

Est-ce qu'il avait déjà dit ces phrases, les mêmes exactement, trois ans plus tôt ?

— Nous avons des raisons de penser que M. Baffart peut être impliqué dans la disparition de Justine Blanche…

Un instant le regard planté dans le mien, ouvert en grand, aussitôt refermé.

— Nous sommes également au courant des relations que vous avez entretenues avec M. Baffart. La question est donc : avez-vous mis Justine Blanche en relation avec lui ?

— Qu'est-ce que c'est que cette histoire ?

— Voulez-vous que je répète ma question ? Souhaitez-vous que je vous communique l'article du code de procédure pénale sur le faux témoignage ?

— Je n'ai rien à dire.

— Vous plaisantez…

— Est-ce que j'en ai l'air ?

— Réfléchissez. Mon intime conviction et les éléments que nous avons pu recueillir à Marseille [un instant les yeux dans les miens] me font penser… je pourrais presque dire, me persuadent que vous n'avez rien à voir avec la disparition de Mlle Blanche.

— Au moins un point sur lequel vous ne délirez pas…

— Je ne délire pas, monsieur Blandin ! [en une fraction de seconde pourtant l'horrible doute] J'ai de bonnes raisons de penser que vous avez mis M. Baffart en relation avec Justine Blanche

[avancer sans preuve, sentir le gouffre sous mes pieds]

Et si effectivement je me trompais ? Et si effectivement le lien s'était établi par un autre biais ? Et si tout ça venait des Marseillais ? Et si Claire s'était fait rouler dans la farine elle aussi ? Ou bien et si, tout simplement, il ne voulait pas être celui par qui l'information arrive ?

— Monsieur Blandin, vous avez déjà refusé de coopérer une première fois. Vos amis marseillais, eux, n'ont vu aucun inconvénient à nous livrer ce qu'ils savaient… Je crains que vous ne vous trompiez de tactique. Vous êtes plus seul que vous ne l'imaginez…

Pas très fin mais éventuellement utile.

— Je n'ai rien à dire.

— Comme vous voulez.

Il se levait.

— Vous partez déjà, monsieur Blandin ? Vous savez ce qu'il peut vous en coûter ?

— Malheureusement vous ne comprenez pas tout, commissaire.

— Ce qui signifie ?

Il s'est contenté de ne pas répondre, a franchi la porte. Claire finalement revenue par le dernier train, présente pendant tout l'entretien, n'avait pas dit un mot. Je l'ai sentie penser que je n'étais pas à la hauteur. Elle a quand même demandé :

— Qu'est-ce qu'il protège ?

Elle a ajouté :

— Il vous promène.

Evidemment. Ne te gêne surtout pas. A ma place tu aurais sûrement mieux fait.

— A ma place, tu aurais sûrement mieux fait.

Regard un instant incrédule, c'était sans doute la première fois que je lui parlais comme ça.

— Pourquoi n'es-tu pas intervenue ?

— Vous connaissez mieux l'affaire que moi.

C'est ça, couche-toi devant la vieille.

— Il n'a plus grand-chose à perdre, il le sait.

— Justement, il fallait en profiter !

— Je crois que tu n'as pas compris. Quand on n'a plus grand-chose à perdre, on fait ce qu'on veut. Il a des comptes à régler, y compris avec des gens comme nous. Il a simplement décidé de ne pas nous faciliter les choses. Et de ne pas être celui par qui l'information arrive.

— Vous avez peut-être raison…

— Peut-être…

— Et maintenant ?

— C'est au tour de Baffart.

— Et s'il ne dit rien lui non plus ?

— Sa position est complètement différente. Blandin peut s'appuyer sur le fait qu'il n'a rien à voir avec cette histoire…

— Comment pouvez-vous en être si sûre ?

Elle m'agaçait. Je me sentais lourde et vieille. Je la sentais attachée à des images toutes faites, rassurantes.

— Tu verras.

Elle me pensait embarquée sur une fausse route. Ça pouvait m'arriver aussi. Mais Blandin n'était pour rien dans la mort de Justine. Sauf sur un point : il lui avait refusé six mois plus tôt la main qu'elle lui demandait de prendre.

# 8

Après le départ de Blandin, j'ai appelé le secrétariat d'Etat. Un simple coup de téléphone d'abord, donner mon titre, ajouter : “Il s'agit d'une affaire personnelle urgente.”

— Si vous voulez bien patienter.

— … Je suis désolée, M. le ministre est en réunion. Il rappellera dans l'après-midi.

Joueur. Balle dans un camp, balle dans l'autre.

Ne pas céder à l'impatience. Passer l'après-midi au bureau. C'est tout, attendre.

A 18 heures, il n'avait pas rappelé. Soit. Ne pas jouer sa partie. Partir plus tôt que d'habitude. Laisser derrière ; croire que je saurai le faire.

*

J'ai mis la clé dans la serrure.

— Tu es déjà là ?

Sourire de Georges :

— Ils t'ont enfin virée ?

— J'ai eu envie de rentrer.

Repousser Blandin, repousser Baffart. Etre là pour une fois, m'entendre dire :

— Je t'emmène au restaurant.

— C'est plus grave que je ne pensais… Ton affaire se complique ?

Vaguement ironique.

Ne pas répondre, puisqu'il sait déjà.

Lui laisser le choix du restaurant.

— Des huîtres, puisque c'est toi qui invites.

Enfiler un manteau à la va-vite, la main de Georges sur mon épaule quitter l'immeuble. Avoir vingt ans, n'avoir plus d'âge.

*

Arrivée au restaurant, vin blanc frais, sourire, avoir envie de plaire à Georges. Cette partie commune de nous au moins, si douce parfois. M'entendre dire :

— Je vais arrêter.

Entendre son rire.

— Tu l'as déjà dit.

— Non, cette fois vraiment.

— Ah bon ?

Entendre qu'il n'y croit pas, que peut-être même ça ne l'intéresse pas.

— Tu t'en fiches ?

Le voir remplir à nouveau mon verre.

— Tu vas t'ennuyer si tu arrêtes.
— Justement…
— Justement quoi ?
— Il serait peut-être temps.
— Tu auras bien le temps plus tard.
— Tu m'agaces.
— Je sais.
Boire le verre en son entier, aimer le goût que seules donnent les bouteilles plongées dans un seau d'eau glacée. Entendre la sonnerie de mon téléphone portable. Hésiter, nous devions dîner tranquilles, entendre :
— Réponds.

Me lever, sortir, c'est la voix de Vincent.
— Je vous dérange, patron ?
— Je suis au restaurant.
— Désolé.
— Vas-y.
— Marc-Alain Baffart vient d'appeler, j'ai préféré vous prévenir.
Bien sûr, joueur, coup double.
— J'ai bien fait ?
— Bien sûr. Qu'a-t-il dit ?
— Que vous pouviez le joindre jusqu'à 22 heures. Il a laissé un numéro.

Retourner à la table, détester un instant ce métier. Avoir à choisir. Choisir l'enquête, mon impatience. Voir à la montre qu'il est 20 h 30, calculer.

Avec un peu de chance, fin du repas dans une heure. Voir le plateau de fruits de mer sur la table, les huîtres grasses. Poser le téléphone, ne pas oser dire "je vais devoir repartir plus vite que prévu". Entendre Georges demander :

— Une urgence ?

La même question depuis vingt ans, parfois nerveuse, parfois patiente.

Ne pas répondre tout de suite, oser finalement.

— Je vais devoir repartir plus vite que prévu.

Voir le visage face à moi se fermer. Comprendre, vouloir pourtant partir. Ne trouver à répondre que :

— Je suis désolée.

Puis :

— Ce n'est qu'un coup de fil à passer. Si on finit à temps, je peux appeler de la maison.

— Alors dépêchons-nous.

— Tu préfères que je parte ?

— Non.

Ne plus échanger une parole pendant les cinq minutes suivantes, dire finalement :

— Il l'a fait exprès.

— Qui ?

— Celui que je dois rappeler.

— Alors laisse tomber.

— Je ne peux pas.

— Pourquoi ?

— C'est le gros morceau de l'enquête.

— Alors dépêchons-nous, c'est bien ce que je disais.

— Essaie de ne pas m'en vouloir.

— Et après ton coup de fil, tu repars au bureau ?

— Non Georges, après le coup de fil, je ne repars pas au bureau.

— Alors c'est formidable.

— Je t'en prie…

— Je viens de dire que c'était formidable.

— D'accord.

Avoir en mémoire déjà des vingtaines de ces dialogues, voir revenir la même crainte de la tension qui suivra. Ne toujours pas savoir la faire disparaître. Mettre une main sur la table, l'allonger jusqu'à l'autre en face.

— Excuse-moi.

— D'accord.

Aimer cet homme pour ce qu'il est, penser qu'il n'y en aurait pas eu d'autre possible.

*

A 21 h 40 nous étions rentrés, j'ai appelé.

— Marc-Alain Baffart ? Commissaire Partouche.

Un blanc.

— Oui, commissaire ?

Une voix visiblement habituée à séduire, mettre les accents où il faut.

— Je vous appelle au sujet de Justine Blanche.

Tenter à cet instant d'imaginer son visage, savoir à l'instant même que le téléphone était une erreur.

— C'est-à-dire ?

Curieuse formulation.

— Nous cherchons à savoir dans quelles circonstances Mlle Blanche a été assassinée et, par voie de conséquence, dans quelles circonstances vous l'avez vue puis quittée quelques heures avant.

Aller trop loin pour définir d'emblée le périmètre, sans preuve autre que le témoignage de Belove Latortue ; laisser passer quelques secondes – il sait désormais ce que nous savons, à lui d'en faire maintenant ce qu'il veut : masquer, choisir comment ou laisser filtrer ne serait-ce qu'une once de lumière.

Il a ri.

J'ai entendu son rire. Quelque chose de sec et d'infantile. J'ai pensé au tableau. Il a simplement dit :

— Je vois.

Toujours amusé, prenant davantage encore de hauteur. Je pensais au visage de Justine Blanche.

— Mais encore ?

— Sale affaire…

— Que voulez-vous dire ?

— Dans une position comme la mienne, cher commissaire, tous les coups sont permis…

— Continuez…

— Je connaissais en effet cette jeune femme, inutile de le nier, j'appréciais ses qualités [un temps] professionnelles. Vous m'apprenez aujourd'hui le sort tragique qui est le sien, j'en suis sincèrement navré. Mais je ne voudrais pas que vous fassiez l'erreur d'imaginer une quelconque responsabilité de ma part dans cette triste affaire.

Chaque mot parfaitement maîtrisé à l'accent près. L'habitude des réunions au ministère sans doute. Enrobage et sucre à volonté. D'accord.

— Je veillerai personnellement à ce qu'aucune erreur de ce genre ne risque ne serait-ce qu'un instant de vous atteindre, monsieur Baffart, je m'en porte garante.

Trop intelligent pour ne pas entendre, trop habitué aux couteaux sous la table.

Un "C'est parfait" très froid.

— J'ai néanmoins quelques questions à vous poser, monsieur Baffart, pure routine, vous êtes une des dernières personnes à avoir vu la victime vivante. Je pense que nous devrions nous rencontrer à ce sujet. Votre lieu sera le mien.

Trop intelligent pour nier une évidence – éviter le coût d'avoir ensuite à se dédire. Préférant sûrement contre-attaquer ailleurs. D'après ce qu'il venait de dire, ce serait sans doute sur le thème "quelqu'un veut me faire porter le chapeau dans une sordide affaire”. Penser, un instant, que c’était possible.

— Demain, 15 h 30, au premier étage du Beauvallon ; nous y serons tranquilles.

— Je préférerais un lieu plus discret, monsieur Baffart.

— Vous craignez qu’on nous voie ensemble ?

— Je viens, je vous le rappelle, pour une affaire de meurtre. Le Petit-Colombier me semblerait préférable. Ni députés, ni journalistes, ni attachés de cabinet.

— Très bien.

— A quelle heure voulez-vous ? Toujours 15 h 30 ?

— Plutôt 18 h 30 si c’est au Petit-Colombier.

Pourquoi voulait-il tant qu’on le voie ?

— Comme vous voulez.

J’ai raccroché. Je m’étais débrouillée comme un manche. Tout ça pour ne pas faire traîner la conversation en longueur.

Georges était assis dans le salon devant la télévision éteinte. Je suis allée reposer le téléphone.

— Tu as eu ce que tu voulais ?

— Pas vraiment.

— Ça t’apprendra. Si tu avais mangé tes huîtres jusqu’au bout et bu ton vin tranquillement, ça ne serait pas arrivé.

— Peut-être.

— C’est sûr.

— D’accord.

Je suis allée prendre une bière dans le frigidaire. J'avais sommeil. Je n'osais pas quitter le salon sans autre forme de procès. Ma mauvaise humeur se renforçait dangereusement. J'ai entendu :

— Va te coucher, à demain.

Il allait donc falloir aussi que je me sente coupable.

Je n'ai pas bu la bière. Je n'ai pas mis de crème de nuit. Je n'ai pas lavé mes dents. Je n'aurais pas dû accepter de le retrouver à l'heure où le Petit-Colombier saturait. Quand est-ce que j'apprendrais à manger mes huîtres en éteignant le portable ? J'aurais rappelé demain matin, évité de saboter une soirée de plus. J'ai pensé à Passante :

— Vouloir occuper une position héroïque, perçue d'un point de vue narcissique comme gratifiante, amène toujours, finalement, à l'erreur. Et heureusement. La position héroïque peut n'être qu'une position de défense, elle peut parfois même masquer une agressivité, voire une haine refusée par le sujet… Pourquoi croyez-vous que les héros meurent la plupart du temps ?

Du parfait Passante dans le texte. Sur le moment, j'avais trouvé ça drôle. Je me retrouvais pourtant coincée comme d'habitude dans la même imbécillité. Ne jamais faire simple ; ça risquerait trop sans doute de montrer le dénuement des choses.

*

Georges s'est allongé :

— Tu dors ?

— Non.

— A quoi tu penses ?

— A mon erreur.

— C'est bien, c'est pour ça que je t'aime parfois.

Dix minutes plus tard il ronflait ; le vin blanc, les cigarillos sûrement.

Je me suis relevée.

Une fois couchée dans l'ancien lit de Victor, je me suis endormie.

*

Marc-Alain Baffart est arrivé en retard. Autour de nous les gens ne semblaient pas le reconnaître. Il s'est assis sans s'excuser, a dit :

— Je n'ai pas de temps à perdre.

— Moi non plus. Que faisiez-vous dans la nuit du 5 décembre à 2 heures ?

— J'étais chez moi.

— Quelqu'un peut confirmer ?

— Ma femme.

— Elle est au courant de vos… à-côtés ?

— Bien sûr. Vous avez d'autres questions ?

— Je crains que votre épouse ne soit pas un alibi suffisant. Les épouses comme la vôtre peuvent développer un sens aigu de la solidarité.

Sourire.

— J'ai mieux. Caméra de surveillance du parking. Vous voulez le nom de la société ?

— A quelle heure avez-vous quitté Justine Blanche ?

— Vers 1 heure, je présume.

— Dans quel état l'avez-vous laissée ?

— Quel état ?

Il rit, il vient de comprendre.

— En parfaite santé.

— Avez-vous été chargé par Marc Blandin de vous en occuper au moment de son incarcération ?

— C'est exact.

Pas même la plus petite hésitation dans sa voix, impressionnant ; est-ce qu'il avait déjà tout prévu, tout calculé, pesé au mot près ce qu'il dirait et ce qu'il tairait ?

— En échange de quoi ?

— Rien. Je pouvais refuser.

— Pourquoi avez-vous accepté ?

— Par amitié.

— Aviez-vous rencontré Justine Blanche à Marseille ?

— Jamais. Je vais devoir y aller, commissaire, comme vous pouvez l'imaginer j'ai bien autre chose à faire et je crois que les éléments que je viens de livrer devraient suffire.

— Vous êtes toujours violent avec les femmes ?

Pour voir, essayer au moins. Mais rien n'a bougé sur sa figure ou peut-être juste un léger plissement des yeux. Est-ce que ça l'amusait ?

— Vie privée, commissaire.

— Vraiment…

— Je vous déconseille ce genre de sous-entendus.

— C'est pourtant le cas, n'est-ce pas…

— Je vous ai fourni l'information que vous étiez venue chercher. J'ai eu la courtoisie de me déplacer puisque vous n'étiez visiblement pas capable de mener vous-même votre enquête. Je pense que vous devriez vous en tenir là.

D'où tenait-il cette assurance ? Pourquoi est-ce que j'avais envie de battre en retraite ? Pourquoi portait-il la chemise à petits carreaux bleus et blancs des libéraux de la droite sociale bien née ? Pourquoi, sous le sourire de bon garçon, cette étroitesse féroce et cet immense mépris ? Qui avait fabriqué ces gens ? J'ai dit :

— Restez correct.

J'ai ajouté :

— Le juge ne verrait sûrement aucun inconvénient à vous convoquer comme témoin.

— Ah bon…

Il a souri.

— Vraiment…

Je m'engluais, je devais me souvenir de lui dans le studio.

— Finissons-en, monsieur Baffart. Est-ce vous qui avez logé Justine Blanche à Paris ?

— C'est exact. Service rendu à un camarade, mais elle payait son appartement ; une demi-journée d'enquête devrait suffire à vous en donner la preuve.

— Le studio, c'est vous aussi ?

— Le studio était un arrangement.

— Avec qui ?

— Un ami. Justine souhaitait avoir un lieu de travail. J'ai pu lui trouver cette solution, elle lui convenait.

Se mettre entre les mains de l'un puis de l'autre, dépendre de ces hommes, leur donner en retour ce qu'ils attendaient d'elle et se raconter peut-être qu'il n'en était rien.

— Elle dépendait beaucoup de vous…

— Je me suis contenté de lui fournir un toit…

— Et du travail aussi, j'imagine…

— C'est normal.

De quoi parlions-nous ? De quoi parlait cet homme ? Est-ce que tout pouvait ainsi glisser implacablement – l'appartement sans traces de Justine, avait-elle épousé tout de ces hommes et de leur monde ?

— Avec combien de personnes l'avez-vous mise en contact ?

— Vie privée, commissaire.

— Monsieur Baffart, je ne suis pas sûre que vous saisissiez tout à fait le but de cette conversation. Justine Blanche a été assassinée, mon rôle est de trouver le responsable et…

— Je ne suis pour rien dans cette affaire.

— Nous verrons, et quoi qu'il en soit j'attends que vous me donniez le nom de ceux avec qui vous l'avez mise en contact.

Il a posé ses deux mains jointes sur sa bouche, s'est penché vers moi, a chuchoté :

— Je verrai ce que je peux faire.

Je ne me trompais pas, il y avait bien de la jubilation dans son jeu.

— Je veux la liste demain.

— Commissaire…

Il a avancé sa main vers moi.

— Je verrai ce que je peux faire, n'est-ce pas le mieux que je puisse vous dire ? C'était un plaisir de vous rencontrer.

Il s'est levé, a passé d'un geste la main sur sa cravate. Pourquoi cet homme était-il ministre ? Il est reparti sans dire un mot. A dix-huit ans, il était membre du GUD. Je les avais eus face à moi à la fac de droit. Plusieurs d'entre eux avaient réussi en politique, recyclés par la droite parlementaire.

*

Vincent a vérifié dès mon retour, la caméra de surveillance du parking confirmait évidemment ce que Baffart venait de dire. Ça m'évitait l'épouse. Mais il fallait tout recommencer. Que s'était-il passé après son départ ? Qui avait mis Justine Blanche dans le conteneur ?

J'ai immédiatement rappelé Belove Latortue, une heure plus tard elle était dans mon bureau.

Je lui ai dit que l'homme du portrait-robot n'était sans doute pour rien dans le meurtre. Elle a eu l'air soulagée.

— Pourquoi dites-vous “c’est mieux comme ça” ?

— Il avait plutôt de bonnes manières.

— Ce n’est pas exactement ce que j’ai cru comprendre…

— En dehors du travail, il était très correct.

Je voyais ça très bien, inutile d’insister. Elle a quand même ajouté :

— J’avais du mal à l’imaginer faisant ça.

Je n’ai pas relevé.

— Je vous ai demandé de venir pour m’aider à comprendre ce qui a pu se passer après son départ. Est-ce que Justine a pu voir quelqu’un d’autre après lui ?

— Ça se peut.

— Un autre client ?

— C’est possible.

— Elle pouvait en avoir plusieurs la même nuit ?

Elle a hésité.

— Oui.

— Pour l’argent ?

Elle a haussé les épaules.

— Si ce n’est pas pour l’argent, pour quoi alors ? Pour le plaisir ?

Dans son regard un instant posé sur moi, du mépris ?

— Je cherche simplement à comprendre, mademoiselle. Est-ce qu’elle a vu quelqu’un d’autre cette nuit-là ?

— Je ne sais pas.

— Mais elle a pu avoir un autre rendez-vous ?

— Oui.

— Dans son studio ?

— Peut-être, j'en sais rien.

— Ou ailleurs ?

— Oui, ou ailleurs.

— Où ?

— Mais n'importe où !

Elle s'énervait, bien sûr, je ne comprenais pas assez vite.

— Je suis désolée, mademoiselle, je suis peu au fait des fonctionnements de votre métier, j'essaie de savoir ce qui a pu se passer cette nuit-là.

— Mais qu'est-ce que j'en sais ! Il nous a obligées à nous lécher et à jouir pendant des heures, elle n'en pouvait plus, vous comprenez ?!

Je n'ai pas pu m'en empêcher, la chemise à petits carreaux, les cheveux peignés bien frais, j'ai dit "jouir pendant des heures ?". Elle m'a regardée de très loin.

— Qu'est-ce que vous croyez, qu'on faisait la cuisine ? Et pourquoi il revenait tout le temps, d'après vous ?

— Pour ça, j'imagine.

— Et pourquoi croyez-vous que des filles comme Justine sont si demandées ?

— Dites-moi.

— Multiorgasme et femme fontaine, vous connaissez ?

— Vous voulez dire…

— Oui c'est ça, madame le commissaire, quand ça la prenait, elle en mettait partout, ça vous va comme ça ?

— D'accord, calmez-vous.

Les visages pas finis et qui ne le seraient jamais de Marc-Alain Baffart et Blandin, petits garçons juste vieillis et tous les autres comme eux dans ce milieu ; Justine Blanche illusion ultime, sa jouissance à défaut d'engendrer celle des foules ; attribut de ce pouvoir qu'ils briguaient sous toutes ses formes – ou compensation pour celui qu'ils n'auraient jamais ?

— Et c'est ce qui s'est passé ce soir-là ?

— Je viens de vous le dire.

— D'accord, mais pourquoi disiez-vous que Justine n'en pouvait plus ?

— Il vous faut un dessin ? Ça a duré des heures… à la fin elle devenait comme transparente, on ne voyait plus que ses yeux…

La photo de la benne. La pâleur. Et si c'était tout autre chose ?

— Est-ce que… dites-moi… il lui est arrivé d'avoir des malaises ?

— Comment ça ?

La question était peut-être stupide mais j'ai continué.

— Dites-moi simplement s'il lui est arrivé de se trouver mal…

— Non. Enfin… Je sais pas, des fois son cœur s'emballait un peu, c'est ça que vous voulez dire ?

— Par exemple. Est-ce qu'il lui est arrivé de perdre connaissance ?

— Je sais pas.

Elle ne comprend plus.

— Je crois pas.

— Mais ces malaises, ce cœur qui bat trop fort, c'est arrivé plusieurs fois ?

— Mais j'en sais rien, oui, peut-être…

— Est-ce qu'elle prenait des médicaments pour ça ?

La salle de bains, l'armoire à pharmacie, est-ce qu'on avait laissé quelque chose de côté ?

— Des médicaments ? Non, elle était pas malade.

J'ai noté quand même, urgent, revoir la question avec les légistes, on n'avait peut-être tout simplement pas vu.

— Quand vous dites qu'elle n'en pouvait plus, ce n'est donc pas de ça que vous parlez ?

J'ai vu dans son regard ce que depuis un moment déjà sans doute elle s'empêchait de me dire.

— Vous ne comprenez pas…

— Je suis désolée.

— Essayez alors. Des heures à faire que ça, vous comprenez ou pas ? A la fin, ça la mettait dans une espèce de furie, elle en pouvait plus, elle les trouvait insupportables, dans ces cas-là elle pouvait avoir un, deux, trois autres rendez-vous après…

— Pourquoi ?

— Comment ça pourquoi ? Elle était dans l'engrenage, elle le savait, vous ne pouvez pas comprendre ? Elle a très bien pu prendre un autre rendez-vous juste après, aller dans un hôtel, faire ça dans une bagnole, faire ça dans une bagnole et ensuite aller dans un hôtel…

Elle ne parlait plus, elle fulminait.

— Ou en boîte, j'en sais rien !

Je notais fébrilement. Ça allait prendre des jours.

— D'accord, admettons qu'elle ait vu quelqu'un d'autre. Elle aurait pris le rendez-vous avant ou elle aurait pu être appelée au dernier moment ?

— Ça dépend.

De toute façon, sans son portable, ça allait être difficile.

— D'accord, procédons par élimination. C'est elle qui choisissait ses hôtels ou les clients ?

— Elle avait un arrangement avec le Blue Star, derrière l'ambassade américaine, mais les clients pouvaient avoir leurs adresses.

Noter. Blue Star. Demander à la BRP les hôtels les plus utilisés dans ce genre de cas. Pourboires aux gardiens de nuit. Petits arrangements à l'amiable.

— Très bien. La voiture maintenant. Ça se fait fréquemment ? Je veux dire, normalement, c'est plutôt pour les prostituées…

Elle en était à la deuxième cigarette. Elle ne me regardait plus. Je n'avais pas vu ses ongles immenses, rouge carmin, taillés en pointe.

— Y a des types qui adorent faire ça dans leur voiture, avec ou sans chauffeur, en roulant ou arrêtés, ça leur plaît de commencer comme ça, d'en avoir sur les sièges, de nous asseoir sur le levier de vitesse…

Vision étrange. Je n'y aurais pas pensé.

— Et quand il n'y a pas de chauffeur, ils le font où ? Je veux dire le plus souvent, où est-ce qu'ils arrêtent la voiture ?

— S'ils veulent se faire peur, c'est en ville. Sinon près des bois. Ça dépend aussi si c'est l'hiver ou l'été. Ils aiment bien aller près des bois.

— Vincennes ?

— N'importe lequel.

La recherche allait être monstrueuse. Je notais tout, j'ai entendu :

— Ça vous va ?

Je l'ai regardée, elle se levait.

— Vous avez d'autres questions ?

— Pour l'instant je ne crois pas.

En un instant elle avait repris toute sa fermeture, le sec de sa figure et de ses gestes. Avant de franchir la porte, elle s'est retournée :

— Je vais chercher.

— … ?

— Moi aussi je peux chercher.

— Comment ça ?

— Je connais les boîtes, les portiers des hôtels… On sait jamais.

— Il faut rester discrète, mademoiselle.

— Vous voulez trouver ou pas ?

— Oui bien sûr, mais il s'agit d'une enquête.

— Et alors ?

— Celui qui est responsable de la mort de Justine peut se croire à l'abri pour l'instant. Il faut rester discret.

— Pourquoi ?

— Pour qu'il n'ait pas le temps de prendre la poudre d'escampette ou de brouiller les pistes, par exemple.

— Alors je cherche ou pas ?

— Restez discrète. Appelez-moi si vous apprenez quelque chose.

Je l'ai rattrapée au vol dans le couloir :

— Pouvez-vous apporter une photo récente de Justine ? Un portrait qui pourrait nous aider dans nos recherches ?

Pas de réponse. Ça voulait certainement dire oui.

*

Après le départ de Belove Latortue, j'ai réuni à nouveau l'équipe. Echec de la première piste. Recherche du deuxième homme. Hôtels. Boîtes. Bois. Botte de foin. Epingle.

— Et les médias ? a demandé Plantin.

— Pas question.

— Pourquoi ?

— Tu le sais très bien.

— Je sais, patron, sauf que dans certains cas, ils peuvent accélérer les choses. Une petite info au 20 heures, une photo.

— Pour tout brouiller et perdre définitivement le contrôle ?

— Il a raison, a dit Vincent, on passe juste l'info en appel à témoins. Celui qui l'a fait en déduit qu'on ne sait rien.

— Il a donc le temps de se mettre à l'abri.

— Si vous voulez mon avis, c'est déjà fait. Et ça nous donne quand même une chance d'apprendre quelque chose.

— Je vais y penser.

De toute façon, ce n'était pas à moi de décider.

*

Cinq minutes plus tard, j'étais dans le bureau de Vrémont, directeur du service, trente ans de maison. Au moins je n'avais plus à évoquer Baffart que comme une hypothèse close.

Il était au téléphone, j'ai remarqué qu'il avait encore grossi, dommage. Trop de déjeuners de courtoisie sans doute.

J'ai attendu. Sa femme et ses deux fils trônaient dans un cadre sur son bureau. Sa remise de médaille à l'Elysée décorait le mur ; petits grigris, signes manifestes. Se rappeler qui on est peut-être ; le faire savoir ?

Il a raccroché :

— Vous vouliez me voir ?

— J'ai besoin de votre avis.

Voie hiérarchique ; ne jouer les francs-tireurs que si nécessaire.

J'ai résumé rapidement, il avait déjà entendu l'essentiel aux réunions du lundi. Au nom de Baffart il a relevé le sourcil, l'a rabaissé deux phrases plus loin.

— Entre nous je préfère que vous en soyez arrivée à cette conclusion.

— Si nous utilisons la voie classique, les recherches risquent de prendre des semaines. Les médias nous permettraient peut-être d'aller plus vite.

Il devait dans sa position réfléchir à la façon dont la chose pouvait être prise au sommet. Mais je connaissais aussi sa droiture. Trouver ce qui est le plus utile à l'émergence de la vérité, expression fétiche.

— J'entends, commissaire, j'entends. Vous-même, qu'en pensez-vous ?

— Si nous nous contentons de faire passer l'information en appel à témoins, les risques de dérapage sont moindres. Et l'auteur du meurtre continuera de penser que nous ne savons rien.

— Ça lui laissera du temps pour protéger ses arrières.

— Il s'agirait d'un simple appel à témoins.

— Et vous vous sentez de gérer les centaines d'appels, les pistes bidon, les faux témoignages et toute la chienlit qui en découle ?

Son côté gaulliste, père grand résistant, verbe haut à ses heures.

— Ça m'ennuie d'avance, mais si ça peut nous éviter des semaines à écumer les bars, hôtels de rendez-vous, boîtes de nuit et le reste.

— Je comprends. Je vous laisse juge. Mais si vous le faites c'est tout de suite.

Merci monsieur, je n'y aurais pas pensé toute seule.

Restait à savoir comment. Dépêche à l'AFP ? Coup de fil au 20 heures, au journal régional ? Convocation du chroniqueur judiciaire de base dans les éditions parisiennes ?

Comme d'habitude j'allais être mauvaise. M'énerver. Les trouver insupportables. Mais une fois de plus ils pouvaient m'être utiles. Donnant, donnant. Un autre jeu à mettre en place. Et pourquoi pas ? "Vouloir s'assurer d'avance de la parole et de ses conséquences, madame Partouche, n'est-ce pas renoncer d'emblée à ce qui fait de nous des êtres humains ?"

# 9

Moins d'une heure après avoir quitté le bureau, Belove Latortue revenait avec une photo de Justine. Jean et tee-shirt, visage au soleil, exactement ce qu'il fallait : rendre possible l'identification voire l'empathie, éviter autant que possible le préjugé défavorable.

J'avais finalement choisi une des chaînes d'information en continu où même les noctambules verraient passer le portrait, je donnais moins de vingt-quatre heures aux autres pour se manifester. Juste un appel à témoins. Si l'auteur du meurtre n'était pas un professionnel, il pouvait éventuellement prendre peur, commettre une erreur ; l'équipe était d'accord, Justine faisait désormais partie de la maison ; ils étaient prêts à supporter la pression.

Quelques heures plus tard, l'information commençait à passer en boucle à l'écran, plus discrète que pour une fillette enlevée à la sortie de l'école mais le procédé était le même – ce que certains ne manqueraient sûrement pas de nous reprocher –

mais de mon point de vue au moins, il y avait de ça. Elle avait beau être majeure et avoir fait de l'attouchement sexuel sa source de revenus, je voulais savoir où elle était passée et entre les mains de qui.

Le supposé responsable de l'information de la chaîne n'avait évidemment fait aucun problème. D'emblée mis en appétit. “Je vois, je vois… Une *escort girl* dites-vous… Nue dans une poubelle ? Je vois, je vois… Non bien sûr aucun cliché de cadavre… C'est la photo ? Très jolie… Bien sûr nous relayerons l'information, c'est notre métier et même si nous ne sommes pas service public… La passion d'informer… etc.”

Une chaîne qu'évidemment je ne regardais jamais et pour cause, ni câble, ni satellite, ni Internet, ni payantes, ni cryptées, ni câblées à la maison. Accord de base avec Georges. Et le soir, que faites-vous ? Il vous arrive de lire ? Ah, vous avez de la chance. Ou juste parler. Ou rien. Sauf à l'hôtel ou en voyage ; quand ça nous arrivait, on les regardait toutes jusqu'au milieu de la nuit.

Je détestais entre autres celle à qui nous nous étions adressés. Leurs visages propres, leurs voix lisses, cette image de la société à venir vue du haut qu'ils s'appliquaient à produire avec froideur et obstination, leur discours libéral urbain narcissique. En boucle.

*

J'ai regardé la première diffusion au bureau. "Meurtre crapuleux dans les allées sombres de la prostitution ? La police judiciaire recherche toute information susceptible de l'aider à résoudre l'énigme de Justine B., cette jeune *escort girl* retrouvée le 5 décembre à l'aube dans un conteneur de la rue Sainte-Anne. Toute personne ayant eu connaissance… numéro mis à votre disposition…"

Moins d'une demi-heure plus tard, la première chaîne concurrente appelait, les autres ensuite ; presse écrite, radios, télévisions, bien sûr ils voulaient tout, notamment les photos en notre possession. J'ai réuni l'équipe. "Pas question de laisser filtrer le moindre cliché du cadavre… Oui je sais qu'ils en veulent, qu'ils vont vous tanner, que c'est important d'avoir de bonnes relations avec eux mais j'ai bien dit : Pas question ; qu'ils aillent enquêter de leur côté si ça les amuse, qu'ils appellent leurs réseaux, qu'ils aillent fouiller les boîtes branchées et les bars de rencontre, ça nous évitera peut-être de le faire."

Mais c'est de Belove Latortue, une fois de plus, que nous est parvenue la principale information. Un coup de fil à mon bureau, à l'entendre c'était urgent. "J'ai peut-être un témoin."

Moins de deux heures après, elle est arrivée en compagnie d'une autre femme étrangement blond platiné et col à fourrure rose comme sur les yeux et les joues, bracelets brésiliens et sac panthère, visiblement pas très à l'aise.

Je les ai fait asseoir.

— Un café ?

La jeune femme a dit oui dans un sourire.

— Vous êtes ?

— Graziela Percão.

J'ai compris à ce moment-là que c'était un homme, au sourire peut-être, heureusement ça m'était parfaitement égal. J'ai pris un café pour moi aussi.

— Vous savez quelque chose ?

Graziela Percão s'est avancée sur sa chaise en tirant sa jupe.

— Enfin… il faut vous dire… bref je travaille au Bois, vous voyez, mais c'est entre nous… Belove m'a dit… enfin… le soir où c'est arrivé, je travaillais au Bois, pour être plus précise je venais de finir un travail, le client me ramenait, on a longé cette voiture, une XM bleu marine immatriculée 13, je les connais, c'était la voiture du président de la République, l'ambassadeur de France en Grande-Bretagne en avait une immatriculée FRA 1, vous pourrez vérifier et donc sur le moment je n'ai pas fait très attention, c'est la voiture surtout que j'ai vue, je les aime bien, on n'en fait plus depuis quelques années mais je me suis déjà trouvée dedans, je peux vous dire c'est très confortable enfin… et en passant j'ai vu cette jeune femme, elle était nue, ça j'en suis sûre, l'homme à côté, c'est passé très vite mais je l'ai vue, j'en suis sûre…

— Vous avez vu une jeune femme nue dans une XM, c'est ça ?

— C'est ça.

— Elle était nue, vous en êtes sûre ?

— Ah oui.

— Vous avez vu son visage ?

— A peine malheureusement mais comme Belove m'a dit…

— Vous a dit quoi ?

— Eh bien comment on avait retrouvé cette jeune fille, qu'elle était nue, je me suis dit…

— Et c'était le soir du 5 décembre ?

— Comme Belove m'a dit ce que vous cherchiez, j'ai vérifié… ça collait… enfin je me souviens de ce client, je sais que c'est ce soir-là, je veux dire celui qui me ramenait à ce moment-là.

— Mais est-ce que le visage vous dit quelque chose ?

— Oh là là vous allez m'en vouloir… En tout cas elle n'était ni blonde ni noire ni asiatique, ça j'en suis sûre.

— C'est déjà beaucoup…

— Vous savez, je voudrais vraiment vous aider.

— Vous nous aidez.

— Ce n'est pas possible de faire ça à des petites filles.

— Des petites filles ?

— Oui, elles ne se rendent pas compte, parfois ça tourne si mal.

Ses mains tremblaient un peu. Plus j'avançais en âge, plus j'aimais le courage qu'il avait fallu à ces gens pour en arriver là, à ce qu'ils étaient.

— Vous avez vu la photo ? Ça pourrait être elle ?

— Oh là là… je voudrais tellement pouvoir vous aider… je ne peux pas dire.

— Ce n'est pas grave, c'est déjà une piste.

— Mais vous savez, on continue.

— Que voulez-vous dire ?

— Belove est formidable, si vous saviez tout ce qu'elle fait.

Je me suis tournée vers elle.

— Autant que je serve à quelque chose. Vous avez dit qu'elle avait pu voir quelqu'un après… je me renseigne.

— On lui donne un coup de main, a ajouté Graziela.

— Jusqu'à présent on n'a rien trouvé. Personne ne l'a vue dans aucun bar, aucune boîte.

Evidemment.

Graziela lui a touché le bras.

— Dis-lui…

Comme une petite fille.

— Me dire quoi ?

C'est Graziela qui a répondu.

— Ben voilà… c'est à propos des journalistes, ils commencent à poser des questions, vous savez comment ils sont…

— Quel genre de questions ?

— Si on connaît Justine, si c'est déjà arrivé… On s'est dit que tant qu'on n'avait rien trouvé, il fallait rien leur dire.

— Vous avez bien fait.

— Mais ils insistent, et puis… vous savez, tout le monde ne réagit pas pareil, ça pourrait finir par se savoir…

— Qu'est-ce qui pourrait finir par se savoir ?

— Je sais pas, ce qu'on est en train de chercher, ce qu'on cherche.

D'abord, j'ai dit sans réfléchir :

— Ce n'est pas grave.

Et puis j'ai réfléchi.

— Vous avez parlé de la XM ?

Graziela a baissé la tête.

— Seulement aux policiers qu'on connaît.

— Aux policiers ?!

Elles ne me regardaient plus ni l'une ni l'autre.

— Quels policiers ?!

— Oh là là, j'espère qu'on n'a pas fait une grosse bêtise…

— A quels policiers en avez-vous parlé ?

— Aux petits sarkos.

— Les petits sarkos ?

Graziela a pouffé de rire.

— C'est les policiers qui nous ramassent.

— Et alors ?

— C'est un peu toujours les mêmes, on se connaît à force…

— Et vous leur avez parlé de quoi ?

— Enfin, c'est juste un ou deux qu'on connaît bien, c'est tout…

— Et alors ?

Décidément je n'étais plus capable de dire que ça.

— Ils ont dit qu'ils allaient voir s'ils pouvaient faire quelque chose…

Graziela s'est penchée vers moi.

— On n'aurait pas dû ?

— Mais enfin…

— Il fallait pas ? Vous savez, les choses ont changé…

— Je vous avais demandé d'être discrète, mademoiselle Latortue…

— Je n'y suis pour rien.

— Comment ça, vous n'y êtes pour rien ?

— Graziela leur en a parlé sans me demander mon avis.

— Je vois… Et c'est tout, vous êtes sûre ?

— On en a juste parlé un peu aux filles… c'était pour savoir si elles l'auraient pas vue elles aussi.

— Si on veut retrouver le coupable et si effectivement cette XM est importante, il vaut mieux ne rien dire le temps que les recherches avancent, vous comprenez ?

— Je suis désolée. J'ai cru bien faire. C'était juste pour que les recherches avancent.

Elle s'est levée.

— J'espère que je n'ai pas fait une grosse bêtise.

Elles sont parties. J'étais abasourdie. Ce n'était plus une fuite, c'était la Berezina. Oberla allait forcément avoir vent de l'histoire ; ma position devenait dangereusement ridicule. Pourtant cette histoire de XM avait peut-être un rapport avec Justine, je ne m'en sortirais à peu près correctement que si cette histoire de XM était la bonne.

Dès leur départ, j'ai mis Maubert et Blancard sur le coup, qu'ils envoient sur-le-champ la demande à Marseille. Toutes les XM du département. Urgence absolue.

*

Malheureusement c'était déjà trop tard. Les deux demoiselles avaient sans doute beaucoup plus parlé qu'elles n'avaient bien voulu me le dire.

C'est un coup de fil de Plantin qui me l'a appris peu après 20 heures, j'étais encore au bureau.

— Plantin. C'est vous qui avez lancé cette histoire de XM ? C'est quoi cette XM ? C'est la surprise du chef ?

— De quoi me parlez-vous et pourquoi sur ce ton ?

— Vous savez, y a un truc dans certaines maisons, vous appuyez sur un bouton et ça fait des images, vous voyez ce que je veux dire ?

— Qu'est-ce qui vous arrive ?

— Je viens d'apprendre aux informations que nous recherchions une XM !

Silence.

— Vous êtes encore là ?

— Oui Plantin, je suis là.

— Vous pouvez m'expliquer ?

— Je crains que ce ne soit un dérapage.

— Ah d'accord. Et depuis quand on cherche une XM ?

— Je ne suis pas encore certaine que nous ayons à la chercher.

— Ça vient de vous ou pas ?

— Non, ça ne vient pas de moi.

— De qui alors ?

— Ecoutez Plantin, on peut peut-être en reparler demain, non ?

— Vous avez autre chose à faire, c'est ça ?

Il ne décolérait pas.

— D'accord, Plantin.

Je lui ai expliqué rapidement ce que je venais d'apprendre, il ne disait plus un mot.

— Voilà, c'est à peu près tout.

— Alors là, je dois dire qu'elles ont fait fort. Vous avez carrément perdu le contrôle...

— Appelez ça comme vous voulez, de toute façon c'est comme ça.

— Et on fait quoi maintenant ?

— On attend.

— Que le gars, s'il existe, se rachète une Volvo ?

— On peut aussi rechercher les XM immatriculées 13.

— Ah ça, c'est une bonne idée, surtout si le type n'y est pour rien.

— Ecoutez Plantin, je propose qu'on en reparle demain, réunion à 7 h 30.

Il n'a pas répondu. J'ai raccroché.

Cinq minutes plus tard, re-sonnerie. Cette fois, c'était Vrémont. Glacial.

— Vous pouvez m'expliquer ce qui se passe, commissaire Partouche ?

A lui, il valait mieux tout dire. J'ai tout déballé. Même les petits sarkos.

Il y a eu un long silence.

— Si je ne vous connaissais pas, commissaire Partouche, j'aurais déjà rédigé le rapport accablant concernant vos méthodes. Cette histoire de médias était une absurdité.

Baisser l'échine. Ne pas lui rappeler qu'il était d'accord.

— Vous avez raison, monsieur, je suis désolée.

— Et qu'est-ce que vous comptez faire maintenant ?

— Je vais rattraper l'affaire, monsieur.

— C'est une excellente idée, commissaire Partouche, remarquable… et comment vous allez vous y prendre ?

— Je ne sais pas encore exactement, monsieur, ce n'est pour l'instant qu'une hypothèse.

— C'est encore mieux. Je veux vous voir demain à 9 heures avec les solutions qui s'imposent.

— Oui monsieur, bonsoir monsieur.

J'ai raccroché. J'ai ouvert le tiroir du bas, j'ai pris une cigarette. J'avais commis deux erreurs monstrueuses et c'était encore une fois pour gagner du temps. Qui que ce soit, le type qui avait fait ça venait de gagner son ticket pour le paradis. C'est la dernière fois, après j'arrête. De toute façon je n'ai jamais su.

*

Contrairement à ce que je venais de dire à Vrémont, je n'avais aucune solution à proposer. Un démenti ? Une engueulade en bonne et due forme au journaliste qui avait lancé la grenade dans le seul but de frimer auprès de son chef de rubrique ? Et après ?

J'ai posé mon stylo et mon bloc, j'ai pris mon manteau, j'ai éteint les lumières. J'ai passé la tête dans le bureau de Claire et j'ai dit "j'y vais".

Quatre stations plus loin, j'ai fait demi-tour. J'ai appelé Georges pour dire que je rentrerais tard. Je suis retournée au bureau, j'ai pris les clés, je suis allée dans le studio de Justine gare de l'Est. J'ai imaginé Baffart avec Justine. Ce que m'avait dit Belove Latortue. Ce qu'il exigeait d'elles. Qu'est-ce que Justine avait fait ensuite ? Avec qui ?

Après j'arrête.

Et elle, elle en disait quoi ? Qu'elle n'avait pas le choix ? Que c'était juste de l'argent avant de s'arrêter ? Dans quel but ? Manucures et Costa Brava ? Une petite pute bien taillée dans sa génération, fric, ascension et fric ? Pourquoi alors est-ce que je ne décolérais pas, pourquoi est-ce que ça me filait à ce point entre les doigts ? "Tu es de la vieille école, Régine, ouvre les yeux."

Alors j'ai allumé les lampes, toutes les lampes, les halogènes et même la salle de douche. Tant qu'à faire. Alors j'ai vu. Là ; ça m'a sauté aux yeux. Ce lieu était triste à crever, ce studio de baise pour future retraitée de la Costa Brava était sinistre, le dessus-de-lit en faux velours et les poufs en cuir rouge – la tenture de mon rêve ? –, les chaises en métal ; elle n'avait même pas essayé de l'aménager en lupanar chic et gai ou au moins accueillant. Donnant, donnant. Contre ta misère, pas plus. Elle s'était bien foutue de leur gueule. Cérébralement maîtrisé à la virgule près. Je sais ce que tu viens chercher ici, je sais pourquoi, ça restera sordide, je le veux ; tiens, prends ça. Du cul, point. Pour le décor tu repasseras.

La solitude de cet endroit était effrayante, elle n'y avait rien mis qui puisse les rassurer, au contraire, volontairement tout dépouillé de ce qui aurait pu ne serait-ce qu'un instant leur faire imaginer qu'ils y seraient tranquilles. Tranquilles, non. Juste ses cris, ses postures et ce qui coulait d'entre ses jambes. Libertine ? A d'autres. Ou par pur professionnalisme peut-être. Avait-elle déjà été amoureuse ? De ces hommes qu'obtenait-elle ? Ni l'un ni l'autre ne trouvant à se rassasier ; le duplex était donc son seul refuge, sa porte dérobée. C'est pour ça qu'il était si propre. Absence de traces. Pas de ça chez moi. Là-bas elle se gardait de tout – comme si on pouvait. Pauvre chérie ; benne à ordures, petites ordures en érection, misérables petits arrangements orduriers, ne te plains pas puisqu'on te paie. Mais parfois rentrer chez soi et se dire ah c'est si propre – ah c'est du propre. Que ne l'avais-je tenue dans mes bras à temps et consolée ? Que n'avais-je eu le temps de lui dire qu'elle non plus n'y était pas obligée, personne ?

# 10

A 7 h 30 le lendemain, tout le monde était là comme convenu. J'ai dû m'expliquer, ils ont eu la bonté de ne rien dire. "Ça arrive, patron", a juste sobrement émis Plantin, visiblement calmé. Evidemment. Ça pouvait leur arriver aussi, ils le savaient, c'était mon dernier rempart.

A 8 h 45, j'étais dans le bureau de Vrémont, "je ne comprends pas, commissaire Partouche, auriez-vous totalement perdu le contrôle de la situation, je m'avoue extrêmement déçu". "Oui monsieur, je comprends monsieur, je suis désolée."

A 9 h 20, la préfecture des Bouches-du-Rhône envoyait un premier listing ; chacun savait ce qu'il lui restait à faire, pure routine, idem pour Vincent et Blancard, chargés de trier les appels reçus après la diffusion du portrait. Sans intérêt pour l'instant sauf un peut-être, anonyme, à propos de la XM justement ; Marseille acceptait de nous aider pour les vérifications d'usage sur place.

A 9 h 30, Plantin m'a prévenue qu'un homme attendait dans le couloir, c'est à moi qu'il voulait parler.

J'avais appris à ne jamais refuser ce genre d'offre, me passer du “il t'a dit pourquoi ?”.

— Fais-le entrer.

La porte s'est refermée.

— Vous avez demandé à me voir ?

La quarantaine environ, costume et plis impeccables, beau tissu. Maghreb ? Peut-être Machrek.

— C'est-à-dire…

D'accord, pas ce matin. J'ai replongé dans mon dossier. Vrémont m'avait appris comment me comporter.

— Voilà… je vous dérange… à vrai dire, mon avocat…

Avocat ?

— Je… Enfin…

J'ai levé les yeux vers lui. Regard fuyant, mains très soignées. De vieux souvenirs. L'accent peut-être.

— Je n'ai effectivement pas que ça à faire. Qui êtes-vous et que voulez-vous ?

Parle ou dégage.

— M. Saïd Amrouche.

D'un trait à l'instant la rue Amrouche à côté de la poste centrale, les berlingots à la fraise enveloppés dans du papier blanc. Bien sûr, le regard fuyant, les mains très soignées.

— Que voulez-vous ?

— A vrai dire… enfin comme je vous le disais… Mon avocat m'a conseillé…

Ma mère, l'Algérie, les blablas de ma mère et de l'Algérie. Loin derrière, très loin.

— Monsieur Amrouche, vous me dites ce que vous a conseillé votre avocat ou vous quittez ce bureau.

— C'est lui qui m'a dit de venir.

— Pourquoi ?

— Disons que… enfin je n'y suis pour rien, commissaire, mais ça a été une grosse erreur de ma part…

Un étrange relent dans la voix, peut-être le léger roulement des *r*.

— De quoi parlez-vous, monsieur Amrouche ?

— Eh bien, j'ai vu aux informations que vous recherchiez… enfin à vrai dire…

Déclic.

— Vous êtes le propriétaire de la XM recherchée ?

Il baisse les yeux, ses mains sont curieusement tournées vers le sol.

— Répondez à ma question.

— Oui… enfin…

— Est-ce que vous êtes oui ou non le propriétaire de la XM immatriculée 13 ?!

— Il s'agit en effet de la mienne.

Alerte générale, fortuitement un jeudi à 10 heures, lumière pourtant déjà très sombre dehors.

— Votre avocat vous a bien conseillé. Vous étiez avec Justine Blanche la nuit où elle a été tuée ?

— Tuée… commissaire… bien sûr, à quoi sert de nier l'évidence, c'est précisément pourquoi j'ai tardé à vous joindre…

— Monsieur Amrouche, je vais vous poser des questions et vous allez répondre par oui ou par non. Avez-vous vu Justine Blanche la nuit où elle est morte ?

— Oui précisément, commissaire, c'est la raison pour laquelle comme je vous le disais précédemment…

— Monsieur Amrouche, avez-vous tué Justine Blanche ?

— Non commissaire, non.

D'un trait, sans que je puisse m'y attendre, il est debout.

— C'est une tragédie, un hasard fatal, je me trouve tout à fait contre mon gré impliqué dans cette triste affaire, la jeune péripatéticienne n'est-ce pas…

— Monsieur Amrouche, asseyez-vous. Vous étiez avec Justine Blanche la nuit où elle est morte mais vous ne l'avez pas tuée. C'est ce que vous êtes en train de me dire ?

— Voilà. Je pensais que vous comprendriez.

Ses yeux restaient fixés sur les miens, plus de plis impeccables ni de cravate en soie ; la capacité des êtres humains à se transformer en flaque sous les yeux de leurs congénères continuait de me fasciner ; jambes croisées, décroisées, recroisées, mains impossibles à poser où que ce soit.

— Le rendez-vous était en bas de chez elle.

— Vous la connaissiez ?

— Heureusement non... Le rendez-vous était en bas de chez elle, j'ai attendu, elle était en retard, j'ai appelé mais ça ne répondait pas, j'ai cru qu'elle n'honorerait pas son rendez-vous, à vrai dire il aurait mieux valu n'est-ce pas mais sait-on jamais ce qu'offre la réalité à celui qui ne l'a pas encore vécue... elle est arrivée finalement, j'ai démarré.

— Pour aller où ?

— Je ne suis qu'un homme, monsieur le commissaire...

— Madame.

— J'entends bien...

— Comment aviez-vous eu ses coordonnées ?

— Un renseignement, disons, par un ami.

— Son nom ?

— J'ai voulu faire un peu connaissance, à vrai dire elle se montrait peu aimable, je le lui ai dit, elle m'a demandé où je souhaitais aller, son ton je dois dire s'est un peu adouci, j'ai pensé qu'elle allait se reprendre... je ne suis qu'un homme madame le commissaire... elle était là pour ça n'est-ce pas, sans vouloir vous choquer... une jeune femme pleine d'attrait, l'ami en question m'avait vanté ses mérites, disons que j'ai souhaité faire plus ample connaissance...

— Où êtes-vous allé ?

— Je souhaitais me rapprocher, je lui ai indiqué le désir que j'avais de la voir entièrement, vous comprenez, le plaisir des yeux, bref nous avons trouvé un lieu relativement paisible…

— Le bois de Boulogne ?

— Je crois.

— Et ?

— J'ai voulu faire plus ample connaissance, sur-le-champ pourrais-je dire…

— Dans la voiture ?

— C'est exactement le terme.

— Elle s'est déshabillée ?

— Voilà.

— Et ?

— Je souhaitais recevoir de sa part ce pour quoi j'étais venu, un hommage en quelque sorte, à ma personne si vous me comprenez…

— Parfaitement, monsieur Amrouche.

— Elle n'a pas voulu.

Lâché vite et sec comme s'il était encore dans la voiture. Frustré. Mécontent.

— Elle a refusé la fellation ?

— Enfin…

— Oui ou non ?

— C'est ça.

— Et vous vous êtes énervé…

— J'ai exprimé mon mécontentement… elle semblait très peu coopérative… est-ce que mon ami m'avait trompé ? Bref en affaires n'est-ce pas, chacun a son rôle bien défini… qui devrait résister à ça ? Comment dites-vous… une forfaiture ?

— Venons-en aux faits… Avez-vous obtenu ce que vous souhaitiez ?

— La réalité m'oblige à répondre par la négative. Je l'ai pourtant pressée de le faire…

— Vous l'avez obligée ? Vous l'avez frappée ?

Silence.

— Monsieur Amrouche, soit vous me dites exactement, maintenant, comment les choses se sont passées, soit je vous inculpe sur-le-champ.

— Je comprends, commissaire, je comprends… je n'ai rien pu faire…

— Comment ça ?

— Comme je vous l'ai dit, je lui ai indiqué mon mécontentement, elle s'est reprise un peu… enfin…

— Enfin quoi ?

— J'étais à l'arrière…

— Elle aussi ?

— Elle aussi.

— A côté de vous ?

— Pas exactement, monsieur le commissaire, pas exactement. En fait elle était… vous voyez… Vu ce que je lui demandais…

— Elle était à genoux dans la travée, c'est ça ?

— Dieu tout-puissant et miséricordieux me pardonne…

— Et ?

— Elle semblait très pâle…

— Que voulez-vous dire ?

— J'attendais…

— La fellation ?

— Voilà… Ça ne venait pas.

— Elle vous a dit quelque chose ?

— Rien. Elle était très pâle. Enfin… à vrai dire…
— Oui ?
— Elle a dit : assez.
— Comment ça ?
— Vous me demandez si elle a dit quelque chose…
— Elle vous a dit “assez”, c’est ça ?
— Voilà…
— Et ?
— Elle a voulu se relever.
— Qu’avez-vous fait ?
— J’ai dit qu’elle ne devait pas se relever, que j’avais payé… Elle a encore dit : assez. Et d’un seul coup elle est tombée…

A ce moment-là je l’ai vue, elle était nue à genoux devant le sexe d’un homme qu’elle ne connaissait pas et elle a dit “assez” ; sans doute en effet à ce moment-là elle a trop bien su ce que depuis un moment déjà elle savait, parce qu’elle était nue à genoux devant le sexe d’un homme qu’elle ne connaissait pas et ne désirait pas, que c’était alors trop cher payé peut-être, que l’origine commune que cet homme et elle partageaient était peut-être pour quelque chose dans ce dernier refus – puisqu’ils se ressemblaient, comment ne pas croiser cette nuit-là son visage dans le miroir absurde que lui tendaient cet homme et son sexe ? Je l’ai vue ; elle lui a dit “assez” sans même le regarder et elle est tombée. Par terre, à la renverse, puisque tout avait été si longtemps et implacablement inversé.

— Tombée où ?

— Entre les sièges. Je lui ai dit de se relever mais elle n'a pas réagi, j'ai pris sa tête…

— Ensuite ?

Il a mis ses deux mains l'une dans l'autre, il ne me regardait plus, petit bonhomme tombé lui aussi dans le piège à la renverse.

— Ensuite, monsieur Amrouche ?

Dis-moi ce que tu en as fait, dis-moi comment tu t'y es pris, ce qui t'a traversé l'esprit, raconte-moi la peur qui t'a saisi, t'a coulé sous les bras, entre les jambes, raconte-moi, c'était juste un acte à la va-vite, un coup en douce à l'arrière d'une voiture qui se transforme en épouvante, n'est-ce pas, dis-moi ce que tu as fait, comment tu t'y es pris…

— Je ne voulais pas… comment aurais-je pu imaginer…

— Et ensuite, monsieur Amrouche ?

— J'ai démarré.

— Ensuite ?!

— Comment faire… où aller…

— Vous auriez pu aller à l'hôpital par exemple, monsieur Amrouche…

Il lève subitement les yeux vers moi. Tu n'y avais pas pensé…

— L'hôpital… enfin…

— Oui, amener à l'hôpital une femme tombée nue à l'arrière de sa voiture et qu'on ne connaît pas…

— Dieu m'est témoin… C'est une épouvantable méprise… je ne l'ai pas tuée…

— Qu'avez-vous fait ensuite, monsieur Amrouche ? Voulez-vous que je vous aide ? Vous avez roulé, vous cherchiez comment vous débarrasser de cette fille…

— J'ai peut-être agi par précipitation, je le confesse, à vrai dire je me trouvais dans une situation si embarrassante… J'ai repris la voiture, je me suis éloigné…

— Monsieur Amrouche, avez-vous essayé de savoir si Justine Blanche était morte ?

A nouveau il lève les yeux vers moi.

— Mais…

— Non, vous avez préféré présumer qu'elle était morte, vous vous êtes débarrassé de ses habits et pour finir vous l'avez mise dans un conteneur rue Sainte-Anne.

— J'ai appris en effet qu'il s'agissait de cette rue…

— Je vous demande si c'est ce que vous avez fait, monsieur Amrouche.

Un mouvement de tête en haut puis en bas, répété deux fois, les yeux rivés par terre.

— Votre avocat vous a bien conseillé. Et ensuite ?

— La situation était d'une grande confusion. J'ai pris le chemin du retour aussitôt.

— Vous êtes rentré directement à Marseille ?

— C'est exact…

— Et vous vous êtes bien gardé de prévenir qui que ce soit…

— Je le confesse.

Il disait non, il pleurait, j'ai entendu les cris dehors et ce qui fut sans doute le dernier hurlement de Mme Boutraf avant de s'écraser sur le trottoir, c'est pour ça sans doute que je ne voulais pas lâcher ce pauvre misérable, non il ne l'avait pas tapée, je le savais mais c'est quand même lui qui l'avait conduite jusque-là, depuis Mme Boutraf j'avais besoin de savoir qui faisait quoi, et Justine ?, "certaines victimes aussi ont une responsabilité dans leur propre destin, madame Partouche", peut-être, alors quoi ? Rien ? Non, je savais, considérer l'affaire comme à peu près close, rentrer chez moi, parler d'elle encore un peu avec Georges, ne plus avoir besoin d'aller voir Passante, elle avait juste fini à l'arrière de la voiture d'un brave père de famille, c'est ça que je ne supportais pas ?, "oui, madame Partouche, la vie en son entier, comment dites-vous ? dégueulasse, c'est ça madame Partouche, médiocre, misérable, pourtant, vous savez bien, madame Partouche ; et pourtant".

J'ai ouvert le dernier tiroir, j'ai pris une cigarette. J'ai pensé à la plage le soir à Marseille, à l'hôtel, j'ai dit :

— Je sais que vous ne l'avez pas tapée.

Il a levé les yeux vers moi.

"Ce n'est jamais à l'autre qu'on offre la vérité, madame Partouche, c'est à soi."

Plantin s'est levé, a dit "je l'emmène". Plantin avait raison une fois de plus.

*

La porte s'est refermée, j'ai pris une autre cigarette. Versant 1, versant 2. Une fois de plus, je m'étais raconté n'importe quoi. C'est moi qui avais voulu les tenir séparés, croire qu'on pouvait les tenir séparés, c'est pour ça que je faisais ce métier, le départ de Mme Boutraf et le nôtre en catimini un matin de juillet, valises bourrées jusqu'à la gueule et ma mère hurle ; pour éviter de savoir qu'ils n'avaient jamais été séparés, il n'y en avait jamais eu qu'un seul. La mort obscène au milieu d'une banale tournée d'enlèvement des ordures. A moins évidemment de vouloir imaginer le contraire – notre fonction n'avait-elle pas exactement ce but, magique solution d'un monde autonettoyant, façon four à pyrolyse, tu appuies sur le bouton et c'est propre. Hitler lui-même… "Faire comme si de rien n'était, madame Partouche, n'est-ce pas la définition exacte de la solution finale ?"

*

Il n'y avait jamais eu qu'un seul versant, Justine aussi avait voulu croire le contraire. Son appartement sans traces. Se persuader encore et encore d'un "comme si de rien n'était" de pacotille. J'aurais voulu pouvoir lui dire "ce n'est rien, petite, rentrons à la maison", j'aurais voulu que l'hypothèse la meilleure soit la bonne, la seule. J'ai pensé à Belove Latortue. J'ai pris encore une cigarette, je l'ai appelée, est-ce qu'elle pouvait venir ?

*

Elle est arrivée sans chapka ni fourrure, le visage très noir. J'ai stupidement été touchée de la voir, j'ai dit :

— Je crois que je vous dois la vérité.

J'ai posé le cendrier devant elle, je lui ai dit ce que nous venions d'apprendre. Sa main tremblait légèrement, j'ai dit :

— Je suis désolée.

Elle ne répondait pas, à quoi pensait-elle ? Je n'ai trouvé à ajouter que :

— C'est une fin absurde.

*

Ce soir-là je suis allée au cinéma avec Georges ; au milieu de la nuit j'ai rêvé de Justine Blanche.

Je me réveillais en sursaut, elle était assise dans le fauteuil crapaud face au lit.

La place de Georges était vide, elle me regardait sans rien dire. Je pensais que je rêvais. Ses jambes étaient croisées, elle était très belle. Je l'appelais.

Elle souriait vaguement, je voulais me lever, mais impossible. Je revoyais la petite fille sur une des photos trouvées dans sa valise, une étrange petite fille.

— Vous vous êtes perdue…

Son visage changeait, elle baissait les yeux. Alors la phrase, traversant quatre décennies, une porte d'appartement jamais rouverte, un escalier jamais réemprunté, une mer jamais retraversée, me revenait en arabe, une vieille chanson de Lili Boniche jamais plus réentendue depuis, "je me rappelle l'absence, le manque de ceux que j'aime, mes souvenirs se réveillent… Alger Algiche… Alger la blanche", et je me suis réveillée.

En allumant, je me suis souvenue qu'en effet le dimanche précédent, nous avions enlevé le fauteuil crapaud de la chambre.

Georges s'est tourné vers moi.

— C'est tôt ?

J'ai éteint la lampe. Que faisait Baffart à cet instant, que faisait Blandin, que faisait Belove Latortue ? Chacun comme chaque nuit sans doute, sans Justine. Je n'avais plus besoin d'arrêter. Il était exactement 5 h 40, je me suis levée sans allumer les lumières, la vue de la cafetière m'a réconfortée. C'est curieux comme nous arrivions toujours trop tard pour sauver qui que ce soit. Chère Justine ; ma frustration en découvrant la vérité. "Vous savez, madame Partouche, ce n'est pas à leur mort qu'on reconnaît les gens mais à ce qu'ils ont fait juste avant." Oui, sans doute, alors Justine avait bien fait ; le reste la regardait. Baffart aussi en trouverait une autre. Elle, elle avait bien fait, juste avant – c'est pour ça que j'avais mis si longtemps à comprendre. Le coup d'arrêt, c'est elle qui l'avait donné. La fin, c'est elle qui l'avait décrétée ; son nom, c'est elle qui l'avait inventé. Justine Blanche, il fallait y penser.

# BABEL NOIR

*Catalogue*

275. JOSEPH PÉRIGOT
Le Dernier des grands romantiques .

276. FRÉDÉRIC H. FAJARDIE
Gentil, Faty !

281. MICHÈLE LESBRE
Une simple chute

282. JEAN-PIERRE BASTID
La Tendresse du loup

307. GÉRARD DELTEIL
Schizo

318. JEAN-FRANÇOIS VILAR
Bastille-Tango

319. SÉBASTIEN LAPAQUE
Les Barricades mystérieuses

321. THIERRY JONQUET
Du passé faisons table rase

346. FRÉDÉRIC H. FAJARDIE
Querelleur

347. ANNE SECRET
La Mort à Lübeck

367. MICHÈLE LESBRE
Que la nuit demeure

375. FRANCIS ZAMPONI
Mon colonel

376. THIERRY JONQUET
Comedia

377. GUY DARDEL
Un traître chez les totos

410. SERGE QUADRUPPANI
Colchiques dans les prés

411. JEAN-PAUL JODY
Stringer

421. GÉRARD DELTEIL
Dernier tango à Buenos Aires

422. FRANCIS ZAMPONI
In nomine patris

475. JEAN-PAUL JODY
Parcours santé

479. ÉRIC LEGASTELOIS
Adieu gadjo

487. DOMINIQUE LEGRAND
Décorum, journal d'Alexandre Davos assassin

491. FRANCIS ZAMPONI
Le Don du sang

1. FIRMIN MUSSARD
Fausse passe

2. ALAIN WAGNEUR
Terminus plage

3. PHILIPPE COLIN-OLIVIER
Festival de came

4. PASCALE FERROUL
David sur ordonnance

5. MAURICE ATTIA
Alger la Noire

6. PATRICK DELPERDANGE
Coup de froid

7. MICHEL MAISONNEUVE
Le Chien tchétchène

COÉDITION ACTES SUD – LEMÉAC

Ouvrage réalisé
par l'Atelier graphique Actes Sud.
Achevé d'imprimer
en décembre 2006
par l'Imprimerie Bussière
à Saint-Amand-Montrond
sur papier des
Papeteries de Jeand'heurs
pour le compte des éditions
ACTES SUD
Le Méjan
Place Nina-Berberova
13200 Arles.

Dépôt légal
1re édition : janvier 2007

N° impr. : 064171/1
*(Imprimé en France)*